KB264857

우리의 세상

노기호 지음

머리글

　형제 자매님들, 안녕하십니까? 이렇게 성극집을 통해서 여러분들을 만나뵙게 되어 기쁩니다. 그간 바쁜 교회일에 얼마나 수고가 많으셨습니까? 형제자매들의 그 수고에 한국교회의 미래가 있는 것이 아닙니까? 사명의식과 봉사하는 사랑의 성품을 끝까지 잃지 마시고 매사에 최선을 다하시는 분들이 되시기를 바랍니다. 그런 뜻에서 여러 형제 자매님들의 고충을 조금이나마 덜어주기 위해 졸필이지만 성극대본집을 꾸며 보았습니다. 필자도 교회에서 문학의 밤이나 각종 특별행사를 개최할 때 성극으로 고심을 많이 했었습니다. 행사의 주도적인 역할을 하는 성극은 비중면에서 작지 않고 내용이 허술하거나 조잡한 성극을 올리지 않기 위해 고뇌하던 지난 날들이 머리에 그려지는군요. 성극을 잘못 연출해서 오히려 성도님들에게 은혜를 반감시키면 안되니까요. 필자가 교회 연극을 십편 안팎으로 해오면서 가장 벽에 부딪친 게 대본 정하는 것이었습니다. 물론 성극 상연할 교회 선생님들도 제 경우와 흡사하리라고 생각이 됩니다. 성극대본은 우선 각 교회의 특성에 맞게 상연할 수 있는 게 아닙니까? 무대 및 각종장치를 고려해야하고 출연진 및 스탭 등의 많은 인원도 필요하니까요. 그렇지만 그 중에서도 대본의 역할이 사뭇 크다는 걸 느끼셨을 겁니다. 필자의 교회에서는 항상 필자의 교회 각 배경에 알맞도록 대본을 직접 쓰거나 각색을 해서 상연을 했었습니다. 대본을 직접 쓰는 일은 여간 쉬운 게 아니지요. 그러나 수집된 대본을 수정하기는 그다지 어려운 일이 아닐 겁니다. 이 책에 수록된 모든 작품을 각 교회나 단체의 실정에 맞게 각색하는 게 무엇보다 필요한 것입니다.

글이 턱 없이 부족해서 여러 형제자매들에게 내보인다는 게 우습지만 모쪼록 작은 보탬이라도 되었으면 하는 마음 간절합니다.

그럼 멀리서나마 선생님들의 분투정진을 기대하면서 하나님의 놀라운 은총이 깃들기를 기도합니다.

성극·상연의 힘을 믿으십시오.

노 기 호 씀

목   차

머리말 ··· 3

1. 네가 나를 사랑하느냐 ······························· 7

2. 영희와 정태 ··· 31

3. 우리의 세상 ··· 55

4. 마도니우스 ··· 81

5. 부활 ·· 135

6. 가장 소중한 일 ·· 163

7. 어부의 노래 ··· 189

8. 우리는 모두 돌아가고 싶다 ······················ 215

9. 마왕의 하루 ··· 237

10. 목숨보다 소중한 것 ································· 257

1. 네가 나를 사랑하느냐
<청 · 학생, 부활절용>

■ 나오는이 : 시종마귀, 대왕마귀, 공포마귀, 가룟유다,
베드로, 요한, 까마귀, 예수(총 8명)

* 연출지도

이 대본은 예수님을 부인한 베드로에 초점을 맞춘 극이다. 막 구분이 현실세계와 가상의 세계로 나뉘어져 있으므로 무대연출을 구분지어야 하며 음향효과도 세밀하게 만들어야 한다. 특히 예수님의 음성부분(마지막)은 녹음처리하여 실감있게 해야 한다. 우선 예수님의 온화하고 부드러운 그러면서도 위엄있는 목소리에 걸맞는 성우를 물색해서 배경 음악과 함께 녹음을 하면 된다. 기술, 조명, 그리고 출연자들의 연기 3박자가 제대로 맞을 때 이 극이 감동적으로 승화될 것이다.

제 1 막 1 장

마귀의 소굴

대왕마귀 : 우와하하하, 나 마귀가 마침내는 하늘과 온 땅을 지
은 여호와를 이기는 순간이 돌아 왔도다.
으흐흐흐하하하. (아주 무섭게 웃는다.)
아무리 용쓰는 재주가 있더라도 나한테는 못당할 걸
그동안 연전연패! 그야말로 참패만 했었지만 이제는
내가 이긴거야! (아주 큰소리로) 내가 이겼다구!
으흐흐하하하.

시종마귀 : 대왕마귀마마, 이번 예수를 죽이는데 크게 공헌한
가룟유다를 데려왔사옵니다.

대왕마귀 : 뭣이라구! 가룟 유다. 그래, 어서 들라 이르라. 내
가 정말 정말 보고 싶었노라.

　—시종마귀와 가룟유다 등장, 가룟유다는 어리둥절한 표정을
지으며 대왕마귀 앞에 꿇어 엎드린다.—

대왕마귀 : 여봐라, 가룟유다. 그대는 고개를 들라.

가룟유다 : (이곳 저곳을 살피면서 천천히 고개를 들어 대왕마
귀를 쳐다본다.)

대왕마귀 : 그대가 진정 가룟 유다렸다!

가롯유다 : 그, 그러하옵니다. 제가 가롯유다입니다.

대왕마귀 : 네가 은 30에 예수를 팔아넘긴 가롯유다라고, 우하하하 정말 장하도다. 이번만은 보기좋게 우리가 이긴거야. 모두가 네 녀석 덕분이지. 네 녀석은 천사들도 당해내지 못했으니까 우리 마귀나라에서도 가장 큰 자리를 내가 줄터이다. 정말 장하였도다. 여봐라 가롯유다 !

가롯유다 : 네, 마, 마귀마마.

대왕마귀 : 나를 두려워 할것 없다. 나는 여호와 보다, 아니 예수보다 더 크고 자비로운 귀신이니까. 그렇게 무서운 눈을 뜨고 떨 필요는 없다. 이제 이곳은 모두 네 놈 세상이니까 안심하라. 그래 예수를 팔아 넘길때 어려운 일은 없었느냐 ?

가롯유다 : 없었사옵니다. 다만, 스승을 팔아넘긴다는 것이 찝찝한 일이긴 하지만, 이미 엎질러진 물이 되고 말았으니.

대왕마귀 : 기특하도다. 여호와의 아들 예수를 죽이는데 큰 공을 세우고 게다가 자살까지 했으니, 너는 그야말로 이 마귀나라에서 무시무시한 존재가 될 것이다. 네 녀석의 이름과 용맹이 후세에 길이길이 남을 것이다. 정말 고생이 많았도다.

가롯유다 : (안심한듯) 고, 고생이랄 것까지 있겠사옵니까 ? 그저 마음에 끌리는데로만 했을 뿐인걸요.

대왕마귀 : 그래, 그래 정말 장하두다 여바라 시종 !

시종마귀 : 예~이 대왕마귀마마.

대왕마귀 : 이 녀석에게 살인과 거짓의 능력을 주어 세상 모든
　　　　　사람들을 조종할 수 있도록 능력의 관을 주어라.

시종마귀 : 알겠사옵니다. 대왕마귀마마.

대왕마귀 : 너는 이제부턴 세상 사람들을 다스리라. 전보다 더
　　　　　크고 힘센 능력을 가지고 사람들이 서로 죽이고 속이도
　　　　　록 사람들의 마음속에 들어가 그들을 조롱하라. 그래서
　　　　　전쟁도 일으키고 살인하며 도둑질하게 만들어 온 세상
　　　　　을 죄악의 소굴로 만들라. 알았느냐?

가룟유다 : 명심하겠사옵니다.

대왕마귀 : 이제는 예수도 세상에 없으니 우리 세상이로다. 아
　　　　　무도 우리의 길을 막지 못할 것이야. 너는 마음껏 죄악
　　　　　을 세상에 퍼뜨려 여호와가 땀을 뻘뻘흘리게 만들라.
　　　　　알았느냐?

가룟유다 : 알겠사옵니다.

대왕마귀 : 그럼 물러가서 일을 계획하고 내게 보고하라.

가룟유다 : 예 대왕마귀마마.

대왕마귀 : 여봐라 가룟유다를 다시 세상으로 내려보내라. (유
　　　　　다를 보고) 세상에서 두루 돌아다니다가 악하고 성질이
　　　　　더러운 사람에게 들어가서 그자들을 너의 종으로 삼으
　　　　　라.

가룟유다 : 최선을 다하여 대왕마귀마마의 은혜에 보답을 하겠
　　　　　습니다.

대왕마귀 : 그럼 어서 내려가거라.

가룟유다 : 예, 알겠습니다.

  ―가룟 유다 퇴장―

대왕마귀 : 시종, 지금쯤 예수가 죽었는지 확인하라.

시종마귀 : 아직 죽지는 않았사옵니다. 지금 가야바에게 재판을
      받고 있는 중이옵니다.

대왕마귀 : 그럼 가야바에게 붙은 귀신은 누구인고?

시종마귀 : 예, 예예예, 저 시기귀신이옵니다.

대왕마귀 : 뭐야! 시기?

시종마귀 : 그러하옵니다. 지금쯤 빌라도에게 넘어갔을 시간이
      옵니다. 그것도 실컷 두들겨 맞고 말이옵니다.

대왕마귀 : 그래, 으흐흐흐하하. 예수가 두들겨 맞아? 그것도
      우리 시기마귀한테 으와하하하, 정말 통쾌한 일이로다.
      그럼 빌라도에게도 마귀를 보냈느냐?

시종마귀 : 여, 여부가 있겠사옵니까? 그자에게는 공포마귀를
      보냈사옵니다.

대왕마귀 : 흐음, 공포마귀라?

시종마귀 : 그러하옵니다. 유대인들이 빌라도 앞에서 예수를 죽
      이라고 소리지르면 빌라도는 폭도가 일어날 것을 두려
      워하여 예수를 죽게 내버려 둘 것이옵니다. 기가 막힌
      작전이옵니다.

대왕마귀 : 저, 정말(크게) 네놈 머리 하나는 따라갈 자가 없겠
      구나.

그럼 어디 삼페인이나 터트리면서 예수가 죽어가는 모습을 감상이나 해보자꾸나.

시종마귀 : 예이, 대왕마귀마마 !

제 2 막

　무대는 베드로의 골방.
　―베드로가 중앙 우편에서 통곡을 한다. 그 왼편에 공포마귀가 서서 지켜보고 있다.―

베드로 : 나, 난 죽을 죄를 지었사옵니다. 주님, 주님의 말씀대로 제가 주님을 부인했습니다. 그것도 세 번씩이나 하찮은 계집아이에게, 주여, 이 죄인을 용서하여 주옵소서. 할 수만 있다면 이 죄인을 데려가 주옵소서. 주님 !
　　　으흐흐흑.

공포마귀 : 베드로야 ! (음흉하게) 베드로야 !

베드로 : 누, 누 누구냐 !

공포마귀 : 나는 네 다정한 친구 공포의 마귀니라.

베드로 : 뭐, 뭐라구 ? 공포마귀 ?

공포마귀 : 그렇다. 너를 도와 예수를 낮고 천한 비자 앞에서 부인하도록 만든 장본인이 바로 나니라.

베드로 : 뭐 뭐라구 ?

공포마귀 : 정말 잘하였도다. 베드로 너 때문에 나는 공중에 7

서 대왕마귀께 큰 상을 얻게 되었어. 베드로 너는 앞으로도 계속 나를 도와주기 바란다.

베드로 : 뭣이라구 ? 이런 더러운 마귀놈 !

공포마귀 : 으하하하하, 역시 성질이 괄괄하군. 그래야지, 그래야 사람들을 때려 눕히고 부려먹을 수가 있지.

베드로 : 어서 눈앞에서 꺼지지 못해 !

공포마귀 : 가고 오는 건 내 자유다. 그러나 베드로, 네가 한 일에 대해서 너무 상심하지 말거라. 너는 아직도 세상에 남아서 할 일이 많으니까, 너와 같은 제자 가롯유다는 스스로 목숨을 끊게 했지만 너는 아직 할 일이 너무 많아.

베드로 : 이런 버러지 같은 놈 ! 이걸 당장에…,

공포마귀 : 베드로, 오 베드로, 이러지 말거라. 나도 바빠서 이만 가봐야 한다. 빌라도에게 가서 예수를 십자가에 못박혀 죽이도록 만들어야 돼.
이미 일은 시작됐으니, 앞으로 더욱 마귀들을 위해 일하기를 바란다.

베드로 : 지옥에나 꺼져 !

공포마귀 : 원 쯧쯧쯧, 즈이 선생 모른다고 부인할 때는 언제고, 그럼 죽을 생각은 아예 말고 잘 생각해 보고 있거라. 사랑하는 베드로 안~뇨~옹.

　　－공포마귀 퇴장－

베드로 : 어이구 주님 ! 제가 잠깐동안 마귀의 꾀임에 빠져있

었군요. 그런것도 모르고 주님을 부인했으니 어이구 주님! 으흐흑흑.

—이때, 요한 등장—

요 한 : 여보게 베드로 어찌하여 여기에 있는가. 어서 골고다로 가보세.

베드로 : (울음섞인 목소리로) 골고다는 뭔 일로,

요 한 : 지금 빌라도가 예수님을 십자가에 못박도록 허락하였다네.

베드로 : 뭐라구? 그럼 기어코!

요 한 : 그렇네. 마지막 가시는 주님의 얼굴을 뵈어야 옳지 않겠는가.

베드로 : 어이구 세상에, 우리 선한 주님이. 주님(엎드려 다시 통곡한다.) 나 때문에, 주님! 이건 모두 제탓이옵니다.

요 한 : 그만 하시게. 어째서 자네탓이라고 하는가. 이건 모두 우리의 탓이야.

베드로 : 아니야, 내가 나서서 주님을 가야바의 손에서 구출해야 했어. 난 그런 일을 외면한 채 주님을 부인했다네.

요 한 : 주님을 부인했다니, 그건 또 무슨소리야?

베드로 : 이 죽일놈이 그만 주님을 모른다고 말을 했어.

요 한 : 아니, 누구한테? 도대체 무슨 말인지 어서 차분하게 말해 보게.

베드로 : 글쎄, 주님이 잡혀가시던 날 가야바궁 뜰에 앉아 있는
　　　　 데 왠 못생긴 비자가 느닷없이 오더니 나보고 예수님의
　　　　 제자가 아니냐고 묻지 않겠나.

요　한 : 그래서, 그래서 그 비자에게 주님을 모른다고 말을 했
　　　　 다는 거야 ?

베드로 : 그렇다네. 그것도 세 번씩이나.

요　한 : 아니, 그럼 주님의 하신 말씀이…

베드로 : 그래, 주님께서 내게 하신 말씀처럼 이윽고 닭이 울지
　　　　 않던가.

요　한 : 주님은 정말 총명한 예언자이셨군. 자기가 죽으실 것
　　　　 과 우리가 어찌된다는 것까지 훤히 내다 보셨으니 말일
　　　　 세.

베드로 : 그러게 말이야. 그나저나 이젠 어떻게 해야 좋을지 걱
　　　　 정이구면. 다들 어디로 갔는지 코빼기도 안 뵈고.

요　한 : 하지만 나머지 제자들도 숨어서 골고다로 끌려가시는
　　　　 주님을 보고있을 걸세. 아마 골고다언덕으로 가면 만날
　　　　 수 있을 거야. 거기가서 찾아보고 앞 일을 의논하게나.

베드로 : 그렇다고 무슨 뾰족한 수가 있겠나. 주님이 죽으시는
　　　　 이마당에 말이야.

요　한 : 허긴 그렇군. 어쨌거나 골고다 언덕으로 가 보자구.
　　　　 가서 주님의 최후의 모습을 지켜봐야 도리가 아닌가.

베드로 : 이미 제자의 도리를 하지 못한 우리가 이제와서 도리
　　　　 를 운운하는게 우습지 않나 ?

요　한 : 그럼 어쩔셈인가? 예서 마냥 슬퍼하며 울고만 있을
　　　　건가?

베드로 : 모르겠으이, 그냥 고향 내려가서 다시 고기를 잡아야
　　　　할 것 같네.

요　한 : 자네 맘대로 하시게. 난 골고다 언덕으로 올라가서 제
　　　　자들을 만나 앞 일을 상의하도록 할테니까. 자네도 몸
　　　　조심하게 우리 몸에는 적잖은 현상금이 붙어있으니 말
　　　　일세.

베드로 : 지금 같아서는 차라리 붙들려서 옥살이나 하고 싶으
　　　　이.

요　한 : 베드로, 도대체 평소의 베드로 답지 않게 왜이러는가.
　　　　어서 기운을 차리게! 자네가 이러면 주님은 숨을 거두
　　　　시면서 더욱 슬퍼할게 아닌가. 어서 기운을 내어 골고
　　　　다 언덕으로 가보자구.

베드로 : 정말 면목이 없으이, 이래가지고 어찌 주님을 만나볼
　　　　수 있겠는가.

요　한 : 다 마찬가질세, 우리의 연약함을 주님께서는 다 아시
　　　　지 않으셨던가. 그런 우리를 더 불쌍히 여길 걸세. 어서
　　　　가세 베드로, 곧 주님이 돌아가실지도 모르네. 그렇게
　　　　된다면 우리가 두 번씩 주님을 배반하게 되는 격이 아
　　　　닌가!

베드로 : 그래, 그럼 가보세. 더이상 주님을 배반한다는 것은
　　　　사내로서 못할 짓이야. 어이구 주님!

　　　─베드로, 요한 퇴장─

제 3 막

―무대는 다시 공중 마귀나라―

대왕마귀 : 으화하하하, 죽여라 ! 죽여 ! 이 머저리같은 놈들
　　　　　아 ! 오늘에야 비로서 내 소원을 이루어 보는구나.(울
　　　　　먹이며) 그간 하늘에서 쫓겨난 후로 내가 얼마나 고생
　　　　　을 했는지 아느냐 ! (단호하게) 그러나 오늘에야 나는
　　　　　여호와를 대적해서 보란듯이 승리를 했다. 여봐라 시
　　　　　종 ! 시종 있느냐 ! (시종의 대답이 없자 다시 한번 소
　　　　　리쳐 부른다.) 여봐라 시종 ! 시종은 어디있느냐.

시종마귀 : (촐랑거리며 나온다.) 소, 소마귀 시종 대령 하옵니
　　　　　다.

대왕마귀 : 뭘 그렇게 꾸물거리느냐 ! 너 오락하고 있었지 !

시종마귀 : 아, 아니옵니다. 제, 제가 감히 대왕마귀마마 허락도
　　　　　없이 오, 오락을 할 수 있겠습니까 ?

대왕마귀 : 그런데 이건 무슨 소리지 (오락실 분위기 E.P).

시종마귀 : 아, 참 내 정신좀 봐 ! 기계를 끄고 온다는게 그만
　　　　　….

대왕마귀 : 괜찮다. 오늘만은 내 특별히 봐줄 수 있노라. 오늘
　　　　　이 어떤 날인데 널 들볶겠느냐 !

시종마귀 : 왕꽁 하옵니다.

대왕마귀 : 그래, 오늘같이 경사스러운날 무슨 오락을 즐겼는
　　　　　고?

시종마귀 : 아뢰옵기 황공하오나 새로운 오락기계를 만들어 전
　　　　　인류에게 보급하려던 참이옵니다.

대왕마귀 : 새로운 오락기계?

시종마귀 : 예 그렇사옵니다.

대왕마귀 : 그래, 그 기계가 대체 어떤 것인고?

시종마귀 : 다름이 아니옵고 오늘 예수가 죽는 날이 아니옵니
　　　　　까?

대왕마귀 : 그렇지 오늘 죽지! 그런데 그것과 오락기계와 무
　　　　　슨 연관이 있단 말이냐?

시종마귀 : 그렇사옵니다. 오락 프로그램에 사람을 죽이는 것을
　　　　　입력 시켰사옵니다.

대왕마귀 : 사람을 죽여?

시종마귀 : 예, 사람을 무차별하게 죽이고 때리고 건물이나 모
　　　　　든 눈에 보이는 것은 마구 부숴버리는 아주 보기드문
　　　　　프로그램입니다.

대왕마귀 : 오호, 정말 시종은 머리가 특별나다니까. 그래서 그
　　　　　기계가 어떤 효과를 가져다 주겠는지 설명해 보라.

시종마귀 : 그건 불을 보듯 뻔한 결과를 낳게 할 것이옵니다.
　　　　　그 프로그램은 어린 아이로부터 청·장년에 이르기까지
　　　　　다양한 계층을 대상으로 제작 돼있습니다. 만약 그 오

락기계를 만지는 날이면 모두가 영웅이 되는 것이지요.

대왕마귀 : 영웅 ?

시종마귀 : 예, 영웅이 돼서 사람을 잔인하게 죽이고 모든 것을
    파괴하는 것이옵니다. 그렇게 하면 자연 인간들의 마음
    속에는 그 특유의 잔인성이 젖게되어 있어서 잠재된 잔
    인성으로 인간들은 서로 적개심을 품고 서로 죽이고 상
    처를 주는데 아무런 가책을 못느낄 것이옵니다.

대왕마귀 : 우와하하하 그것참 명안이로고. 그렇게 해서 살인과
    전쟁을 만들면 얼마나 보기좋은 세상이 되겠는가 으흐
    흐하하하. 정말 너는 천재로고 천재 !

시종마귀 : 또 있사옵니다.

대왕마귀 : 뭐야, 또 있다구 ? 아니, 세상을 어지럽힐 명안이
    또 있단 말이냐 ?

시종마귀 : 그렇사옵니다. 오락게임은 그 외에도 수천가지를 보
    급해서 인간세상으로 보낼 것이고 또 하나는 우리의 소
    굴 즉, 마귀들의 소굴이 가장 많은 일본을 이용하는 계
    획입니다.

대왕마귀 : 아니, 일본은 우리의 안식처요 은신처가 아니더냐.

시종마귀 : 그렇사옵니다. 일본의 부강한 경제를 이용해서 3차
    전쟁을 일으키는 것이옵니다.

대왕마귀 : 3차 전쟁 ?

시종마귀 : 그렇사옵니다. 1차, 2차 전쟁에 이어 3차전쟁을 일
    으켜 온 지구를 쑥밭으로 만드는 것이옵니다.

대왕마귀 : 그럼 그 전쟁은 언제 일으킬 작정이냐?

시종마귀 : 3차전쟁은 물론 1차와 2차 전쟁이 끝나면 곧 일으
킬 것이옵니다. 앞으로 2000년 정도 후에 말입니다.

대왕마귀 : 뭐 뭐라구, 2000년 정도 후에?

시종마귀 : 그렇습니다. 3차 대전쟁을 끝으로 지구는 우리가 살
수 있는 충분한 낙원이 될 것이옵니다.

대왕마귀 : 3차전잰은 2000년 후에나 일으킨다구? 얘, 너 미쳤
니? 내가 감질나서 죽는 꼴을 볼려구 그러는 것 아니
니?

시종마귀 : 그럴리야 있겠사옵니까. 오늘 예수를 죽였듯이 지구
의 종말을 우리 손으로 계획하는 것 뿐이옵니다. 대왕
마귀마마께서는 그냥 천천히 지켜보면서 감상하시기만
하면 되옵니다.

대왕마귀 : 좋아. 내가 인내심을 가지고 천천히 지켜 보도록 하
지. 그건 그렇고 공포마귀와 시기마귀는 아직 이곳으로
당도하지 않았느냐.

시종마귀 : 글쎄요. 곧 오마하고 까마귀 편에 전갈을 했는데 아
직 안오는군요.

대왕마귀 : 그래?

　—이때 소식을 전하는 까마귀 호들갑스럽게 등장—

까마귀 : 대, 대왕마귀마마. 큰일났사옵니다.

대왕마귀 : 아니, 도대체 오늘같이 경사스러운 날 무슨 큰일이

　　　　났다고 그렇게 오두방정을 떠는게냐!

시종마귀 : 좀 천천히 알아듣게 대왕마귀마마께 고하렸다!

까마귀 : 저, 대 대왕마마마귀, 아 아니 대왕마귀마마. 큰일났사
　　　　옵니다.

대왕마귀 : 허 허 그녀석, 큰일은 금방났다고 하지 않았느냐 어
　　　　서 그 큰일이 무엇인지 또박또박 말하렸다.

시종마귀 : (까마귀에게로 가서 뒤통수를 후려치며) 요녀석아,
　　　　큰 일이났으면 났지 왜그렇게 호들갑이냐. 지구에서 큰
　　　　일은 우리에게 좋은일이 아니냐.

까마귀 : 그, 그런게 아니옵고 지금 천국에서 난리가 났사옵니
　　　　다.

대왕마귀 : 그거야 당연한 일 아니냐! 천국에서 내려보낸 예
　　　　수가 죽었으니 큰일 아니구 뭐겠느냐!

까마귀 : 그, 그런게 아니옵고….

시종마귀 : (다시 까마귀 옆으로 가서 발로 걷어차며 뒤통수를
　　　　때린다.) 그런게 아니면 뭐란 말이냐. 너지금 대왕마귀
　　　　마마를 희롱할 셈이냐?

까마귀 : 그, 그런게 아니옵고.

시종마귀 : 또, 또!

까마귀 : 죄, 죄송합니다. 일이 하도 크고 어처구니 없어서.

시종마귀 : 그럼 어서 말해 보도록 하라.

까마귀 : 글쎄 예수를 우리가 죽이긴 했지만 하늘에서는 좋다
　　　　고 난리가 났사옵니다.

대왕마귀 : 아니, 뭐라구? 예수가 죽었는데 좋아서 난리가 났
　　　　　어?

시종마귀 : 별거 아닐 것이옵니다. 예수가 죽자 하늘에 있는 모
　　　　　든 천사가 그 충격으로 정신이 돌았나 보죠.

까마귀 : 그게 아니옵니다.

대왕마귀 : 그게 아니라니 그럼 뭐가 또 있다는 얘기냐?

까마귀 : 그렇사옵니다. 제가 하늘을 두루 돌아다니면서 들은
　　　　얘기로는 예수가 죽었다가 살아난 후에 또다른 하나님
　　　　을 땅으로 보낸다구 그러더군요.

대왕마귀 : 뭐야, 또 다른 하나님? 그게 도대체 누구란 말이
　　　　　냐?

까마귀 : 보혜사라고 들었사옵니다. 그는 인간의 몸을 입지않고
　　　　곧장 땅으로 내려간다 하옵니다.

대왕마귀 : 뭐라구 보혜사!

시종마귀 : 보혜사라면 성령이 아니옵니까!

대왕마귀 : 크 큰일이구나. 보혜사가 땅으로 내려갈 줄이야. 이
　　　　　젠 우리 마귀시대도 끝장이구나. 우린 그 보혜사 앞에
　　　　　서는 맥을 못추는데. 그게 사실이라면 정말 큰일인데…

시종마귀 : 그러나 고정하옵소서. 보혜사가 내려간다해도 우리
　　　　　는 또 우리의 방식대로 계략을 꾸미면 됩니다.

대왕마귀 : 여봐라 시종, 부디 예수를 죽인 것처럼 보혜사를 처
　　　　　치할 방법을 짜내 보라. 제발, 그가 내려가면 우린 끝장
　　　　　이야.

시종마귀 : 그래도 내려가면 보혜사 성령은 보이지 않기 때문
　　　　　에 일정한 거처가 있어야 합니다. 그는 우리처럼 사람
　　　　　의 마음속에 들어가야 존재합니다. 그렇기 때문에 우리
　　　　　가 더욱 센 마귀를 땅으로 보내어 모든 사람들을 보혜
　　　　　사가 못들어오도록 조종하면 별로 큰문제가 될 것이 없
　　　　　사옵니다.

대왕마귀 : 정말 그럴까?

시종마귀 : 그럼요 대왕마귀마마. 그러나 하루 속히 악한 무리
　　　　　들을 더욱 악하게 만들어 우리편으로 만들어놔야 합니
　　　　　다. 그리고 성령이 들어간 사람은 악한 사람들이 마구
　　　　　죽여버리면 성령도 맥을 못출 것이옵니다.

　—이때 공포 마귀 등장—

공포마귀 : 대왕마귀마마, 크 큰일 났사옵니다.

대왕마귀 : 아니, 오늘은 전부 왜들 이러느냐!

공포마귀 : 지금 예수가 살아나서 갈릴리로 떠나 제자들을 다
　　　　　시 모으고 있다 합니다.

대왕마귀 : 아니, 뭐라구! 예수가 살아났다구?

공포마귀 : 그렇사옵니다. 제가 공포분위기를 조성해서 제자들
　　　　　을 못가게 막으려 했지만 죄다 죽기를 각오하고 달려가
　　　　　는 바람에.

대왕마귀 : 뭐야 ! 좋다. 오늘은 내가 친히 내려가서 싸우리라.

시종마귀 : 마마, 그럴것까지는 없사옵니다. 지상의 일은 저희
　　　　　들에게 맡겨 주십시요. 저희가 알아서 잘 해놓겠습니다.

대왕마귀 : 뭐라구, 아니, 네놈이 예수를 설죽여 놔서 다시 살
　　　　　아났는데 네 놈이 또 가서 일을 망가뜨려놀 작정이냐.

시종마귀 : 아니옵니다. 이번만은 틀림없이…

대왕마귀 : 듣기 싫다. 넌 보혜사가 내려가지 못하도록 하늘이
　　　　　나 단단히 지키도록 하라. 이번은 내가 친히 내려가서
　　　　　예수를 믿는 모든 자들을 있는대로 죽여버리고 올테니
　　　　　까. 너희들도 이 공중에서 잘 지켜 봐서 내가 하는대로
　　　　　잔인하게 일을 하라 알겠느냐.

모　두 : 예이, 알겠사옵니다. 대왕마귀마마

대왕마귀 : 그리고 시종, 너는 서둘러서 사악한 마귀를 모집하
　　　　　고 그들을 나있는 땅으로 내려보내라. 내가 내려가서
　　　　　그들과 함께 예수도당들을 대적해서 싸울테니까. 요번
　　　　　에는 예수도당들의 씨를 바싹 말려 줄테니까 알겠느냐.

모　두 : 예～이, 대왕마귀마마.

대왕마귀 : 어서 지상으로 내려갈 준비를 하라 !

모　두 : 예 대왕마귀마마.

대왕마귀 : 이번에는 기필코 예수도당들을 물리치고 승리를 할
　　　　　것이다. 확실하게 아주 확실하게 으흐흐흐하하하하.

　　―대왕마귀의 음흉한 웃음이 무대를 가득 메우며 조명 out―

제 4 막

―무대. 디베랴 바다. 요한과 베드로 해변에서 앉아 있다.

베드로 : 어서. 가서 고기나 잡으세. 오늘 고기를 못잡으면 내일
과 모레는 물이 오르지 않아 고기가 모이지 않을 걸세.
그럼 일주일내내 굶고 말꺼야.

요　한 : 좀 쉬었다 하지 그러나 종일토록 그물을 던졌지만 매
번 헛수고만 하지 않았는가.

베드로 : 벌써 동이 튼 모양이야. 동이 트기전에 한마리라도 잡
아야 할께 아닌가.

요　한 : 그치만 고기가 한마리도 안잡히는 걸 무슨 수로 잡겠
나 그러지 말고 동이트면 그때 나가서 잡게나. 그때쯤
이면 피래미라도 건질 수 있을 게야.

베드로 : 쉬고 싶으면 자네나 쉬고 있게 난 계속 그물질을 해
야겠네.

요　한 : 그럼 좋도록 하게. 잠깐 쉬었다 하겠네.

―베드로 퇴장―

요　한 : (무대밖을 향하여 베드로 퇴장한 쪽) 계속해 봐야 소
용없다니까 !

―이때 예수님 등장―

예　수 : 얘, 너희에게 고기가 있느냐?

요　한 : 누구십니까?

예　수 : 내다.

요　한 : 오 주여 (엎드려 머리를 조아리고 들지 못한다.)

예　수 : 요한아, 고기를 여태 얻지 못하였느냐?

요　한 : 예 (머리를 조아린 채) 그러하외다. 밤이 새도록 그물
　　　　질을 했지만 여태 피래미 한 마리 못 건졌나이다.

예　수 : 그럼 그물을 배 오른편으로 던지라. 그리하면 얻으리
　　　　라.

요　한 : 예, 주의 말씀대로 하겠나이다.
　　ㅡ요한 퇴장, 무대 밖에 파도소리 갈매기소리 그물질소리ㅡ

요　한 : 베드로, 그물을 오른편으로 던져 봐.

베드로 : 오른쪽이라고 있겠어?

요　한 : 어서 시키는대로 해　ㅡ철썩ㅡ 잠시후.

베드로 : 아니, 이럴수가 그물이 찢어질 정도로 고기가 걸렸어.
　　　　도대체 어찌된 영문인지 모르겠군.

요　한 : 주께서 오셨네.

베드로 : 뭐라구 주께서(무대로 등장해서 주님 발 앞에 꿇어
　　　　엎드린다).

　　ㅡ요한 이어 들어 온다.ㅡ

예 수 : 수고했다. 어서 조반을 먹으라 (예수께서 떡을 가져다
        제자들에게 준다. 제자들 떡을 먹는다. 예수 묵묵히 보
        다가)

예 수 : 요한의 아들 시몬아, 네가 이 사람들보다 나를 더 사
        랑하느냐?

베드로 : 주여, 그러하외다. 내가 주를 사랑하는 줄 주께서 아
        시나이다.

예 수 : 내 어린 양을 먹이라. (잠시 후 떡먹는 것을 지켜보다
        가)

예 수 : 요한의 아들 시몬아, 네가 나를 사랑하느냐?

베드로 : 주여, 그러 하외다. 내가 주를 사랑하는 줄 주께서 아
        시나이다.

예 수 : 내 양을 치라.(떡 먹는 베드로의 모습을 잠시 본 후)

예 수 : 요한의 아들 시몬아, 네가 나를 사랑하느냐?

베드로 : (떡 먹다 말고 근심 어린 눈으로) 주여, 주는 모든 것
        을 아시오매 내가 주를 사랑하는 것도 주께서 아시나이
        다.

예 수 : 내 양을 먹이라. 내가 진실로 진실로 네게 이르노니,
        젊어서는 네가 스스로 띠띠고 원하는 곳으로 다녔거니
        와, 늙어서는 네 팔을 벌리리니 남이 네게 띠 띄우고
        원치 아니하는 곳으로 데려가리라.
        (예수가 말씀을 마치고 일어나면서) 나를 따르라 !
        (제자들 예수가 천천히 나가는 것을 보고 떡을 먹다 말

고 따라서 퇴장한다.)

—음악과 함께 Narvation—

볼찌어다. 내가 내 아버지의 약속하신 것을 너희에게 보내리니 너희는 위로부터 능력을 입히울 때까지 이 성에 유하여 기다리라. 너희는 마음에 근심하지 말라. 하나님을 믿으니 또 나를 믿으라. 내 아버지 집에 거할 곳이 많도다. 그렇지 않으면 너희에게 일렀으리라. 내가 너희를 위하여 처소를 예비하러 가노니 가서 너희를 위하여 처소를 예비하면 내가 다시 와서 너희를 내게로 영접하여 나 있는 곳에 너희도 있게 하리라. 그러므로 너희는 마귀의 유혹에 넘어가지 않도록 깨어 기도하라. 보혜사 곧, 아버지께서 내 이름으로 보내실 성령 그가 너희에게 모든 것을 가르치시고 내가 너희에게 말한 모든 것을 생각나게 하시리라.

평안을 너희에게 끼치노니 곧 나의 평안을 너희에게 주노라. 내가 너희에게 주는 것은 세상이 주는 것과 같지 아니하니라.

너희는 마음에 근심도 말고 두려워 하지도 말라.

—음악이 일시적으로 커졌다 줄면서—

의로우신 아버지여 세상이 아버지를 알지 못하여도 나는 아버지를 알았삽고, 저희도 아버지께서 나를 보내신 줄 알았삽나이다. 내가 아버지의 이름을 저희에게 알게 하였고 또 알게 할지니, 이는 나를 사랑하신 사랑이 너희 안에 있고 나도 저희 안에 있게 하려 함이니이다.

E. P. ou

— 끝 —

2. 영희와 정태
<어린이 · 성탄절 用>

■ 나오는이 : 영희, 정태, 민수, 귤장수, 철수, 아빠, 엄마,
　　　　　노신사(원장), 정태엄마. 총 9명

* 연출지도

　선과 악은 한 뿌리에서 생산된다. 다시 말해서 사람만이 선악을 행한다는 얘기다. 영희와 정태라는 극은 선한 아이와 악한 마음을 가진 아이의 얘기를 다루었다. 연출자되시는 분은 그렇게 어렵지 않은 극이라 생각지 말고 최선을 다해 준비하기 바란다. 특별한 무대장치가 필요없으나 어린이 극이므로 배경그림을 가능하면 설치해 놓고 상연하기를 바란다.

제 1 막 1 장

무대 길거리 — 무대로 조명이 들어온다.

민 수 : 야, 박정태. 오늘이 어떤 날인지 아니?

정 태 : (머리를 기웃거리며) 오늘? 글쎄. 오늘이 어떤 날인
　　　　지 잘모르겠는데.

민 수 : 정말 몰라?

정 태 : 오늘이 뭐 금요일이라는 것 밖에.

민 수 : 잘 생각해 봐. 틀림없이 생각날 꺼야.

정 태 : 글쎄? 아, 오늘이 12월 12일, 12자가 두개 들은 날이
　　　　라는거 말야.

민 수 : 이런 멍텅구리. 그것밖에는 생각나는 게 그렇게 없
　　　　니?

정 태 : 잘 모르겠는데.

민 수 : 이 바보야, 오늘이 바로 내 생일이잖아.

정 태 : 아, 그래. 오늘이 너의 생일이었지. 그걸 깜빡 잊고 있
　　　　었네.

민 수 : 그러니까 매번 시험만 보면 40점을 넘는게 없지.

정 태 : 너무 그러지마. 누군 공부하기 싫어서 40점만 맞는줄

　　　아니 ?

민　수 : 그럼 왜 맨날 40점 밖에 못맞니 ?

정　태 : 낸들 아니 ? 시험지를 받기만 하면 졸음부터 몰려오
　　　　는데.

민　수 : 으이그, 그건 그렇고 너 나한테 어떤 선물을 할꺼
　　　　니 ?

정　태 : 글쎄, 지금은 돈 가진게 없는데 어쩌지.

민　수 : 돈 가진게 없어서, 선물을 못하겠다는 거야 뭐야 ?

정　태 : 못하겠다는게 아니구, 이따가 우리엄마 회사갔다 오시
　　　　면 말해볼께.

민　수 : 너네 엄마 몇시에 오시는데 ?

정　태 : 아홉시.

민　수 : 뭐야 ! 아홉시 ?

정　태 : 응 그래 늦어도 아홉시 반이면 오셔.

민　수 : 야 관둬라. 네녀석 선물기다기다가 잠도 못자겠다.

정　태 : 하지만 어떻게 해 엄마가 늦게 오시는 걸.

민　수 : 그럼 그러지 말구 너 그 빨간 저금통 있잖아.

정　태 : 저금통 ?

민　수 : 그래, 그걸 뜯으면 되잖아. 저금통은 엄마보고 다시
　　　　사달라고 하면 되잖아.

정　태 : 그래도 그건 안돼, 아빠가 아시면 야단맞는단 말야.

민　수 : (빈정대며) 응응 너 야단맞는것 때문에 못하겠다는
　　　거야.

정　태 : 그 그래.

민　수 : 알았어, 너 후회 안하기야.

정　태 : 후회? 무슨 후회?

민　수 : 됐어. 너 저번날 귤 훔쳐먹은거 아저씨한테 일러 바칠
　　　거야.

정　태 : 뭐? 그, 그게 언제 얘긴데, 너 안 이른다고 했잖아.

민　수 : 관둬. 잘 생각해 보고 너 맘대로 해 난 바빠서 가야겠
　　　어.

　─민수 퇴장─

정　태 : 민, 민수야! 아이, 참 큰일났네. 이 일을 어쩌지.

　─이때 귤장수 지나가며 소리친다. 정태 놀란 눈으로 지켜
본다.─

귤장수 : 귤사세요. 맛있는 귤이 왔어요. 귤이 쌉니다. 귤 사세
　　　요.

　─정태, 귤장수를 바라보며 구석에서 놀란 모습을 하고 있
다.─

철　수 : 아저씨! 귤 천원어치 주세요.

귤장수 : 그래, 야 여섯개 천원인데 넌 어리고 예쁘니까 하나

　　더 줄께.

철　수 : 고마워요. (귤 들고 퇴장)

귤장수 : 잘가거라. 자, 귤 사세요. 제주도 토삼품, 달고 맛있는
　　　　귤이왔어요. 아니, 넌 계서 뭘 보고 있는 게냐?

　—귤장수 정태에게로 간다.—

정　태 : 아, 아니예요.

귤장수 : 귤 안살꺼면 어서 저리가 !

　—다시 무대를 한바퀴 돌면서 귤사라고 외친다.—

귤장수 : 귤 사세요. 꿀보다 더 단 귤이 왔어요. 귤 들여가세요.
　　　　아니, 이자식이(정태를 노려보며) 내 몸에 똥이라두 묻
　　　　은거냐 ! 왜 자꾸 쳐다보고 있어 ! 너 귤 먹고 싶으
　　　　냐?

정　태 : 아, 아니에요.

귤장수 : 그럼 왜 그렇게 쳐다보고만 있어 ! 너 혹시 귤훔쳐
　　　　먹을 기회를 엿보고 있는거 아냐?

정　태 : 아, 아 아니에요. (놀라서 도망치듯 내뺀다.)

귤장수 : 원 싱거운 녀석, 귤 사세요. 과일 중에 제일 맛있는 귤
　　　　사세요.

　—귤장수도 퇴장—

제 2 장

　－엄마와 두 자식 등장 (딸, 아들)

엄　마 : 너희들 이번 학년말 시험을 잘 봤기 때문에 이 엄마
　　　　가 선물을 사주려고 그런거야. 알았지, 다음에는 더 잘
　　　　보라구. 그럼 더 큰 선물을 사줄테니까.

철　수 : 엄마, 난 다음번에 자전거 사줘.

엄　마 : 자전거?

철　수 : 응, 다른 애들은 엄마가 자전거를 저번에 다 사줬단
　　　　말야. 나만 없다구.

엄　마 : 너만 자전거가 없어?

철　수 : 응, 나 자전거 사줘 응?

엄　마 : 알았어. 이 다음에 아빠랑 의논해서 사줄께. 영희는
　　　　오늘 뭘 사줄까? 학용품? 인형?

영　희 : ………

엄　마 : 왜? 골랐어?

영　희 : 아니,

엄　마 : 그럼 왜 엄마가 묻는 말에 대답이 없니?

영　희 : 내가 사달라는거 다 사줄꺼야?

엄 마 : 그럼, 누구 딸인데 감히 거역을 하겠니.

영 희 : 화내지 않을 꺼지 ?

엄 마 : 그래, 엄마가 화 안낼께. 그래 뭐가 사고 싶어서 그러
　　　　니

영 희 : 빨간 오바코트 하나 사줘.

엄 마 : 뭐 ? 빨간오바코트 ?

영 희 : 응, 조금 큰 걸로.

엄 마 : 아니, 넌 오바코트가 집에 몇개나 있는지도 모르니 ?
　　　　장농에 순전히 오바코트만 걸려 있을 텐데 무슨 또 오
　　　　바타령이야 ?

영 희 : 엄마가 화 안낸다고 그랬잖아.

엄 마 : 아니, 엄마가 지금 화 안나게 생겼어. 지금 입을만한
　　　　오바도 다섯은 될텐데, 거기다가 한개를 더 사주면, 뭐
　　　　야, 매일 오바를 바꿔입고 다니겠다는 거야 ?

영 희 : 사주기 싫으면 관두지 왜 화를 내요. 화 안낸다구 하
　　　　고서.

엄 마 : 그래 엄마가 화낸것은 사과하마. 하지만 오바는 안돼.
　　　　친구들도 하나나 두개 밖에는 없을 거야. 친구들이나
　　　　선생님이 알면 사치한 애라구 놀릴거야. 전에 아빠가
　　　　새로 사준 푸른색 오바는 잃어버렸잖니. 그래서 하나
　　　　더 사주고 싶었는데 지금은 안돼, 형편도 그렇고 또 잃
　　　　어버릴지도 모르니까.

영　희 : 이번에는 안 잃어버릴꺼야. 응, 하나 사줘, 엄마가 뭐
　　　　든 다 사준다고 했잖아.

엄　마 : 글쎄, 오바만은 안돼, 넌 네 그 건망증 때문에라도 새
　　　　로운 것을 사주면 안된다구. 장갑을 사줘도 그렇고, 목
　　　　도리나 머리핀을 사줘도 금새 어디두고 잃어버리잖니,
　　　　장갑은 올들어 벌써 3개나 사줬잖아. 너같은 아이에게
　　　　는 따끔하게 혼이나야 정신 차린다구.

영　희 : 엄마 !

엄　마 : 안돼, 오바는 절대 안돼. 집에 있는 것이 작기는 하지
　　　　만 충분히 입을 수 있다구. 아무튼 조금 있으면 아빠가
　　　　퇴근하고 오실테니까 그때 다시 얘기하자. 아, 저기 아
　　　　빠가 오신다. 여기예요.

　　　－아빠 등장－

아　빠 : 오, 우리 사랑스런 공주님과 왕자님이 나오셨네. 춥
　　　　지 ? 그런데 우리 공주님의 심기가 안좋은가 얼굴빛이
　　　　아주 말이 아닐세. 왕자님도 그렇구.

엄　마 : 추워요. 여보, 어서 가요.

아　빠 : 가긴 가야지. 그런데 애들이 왜이래요 ?

엄　마 : 당신이 오기전에 얘기를 나누다가 이렇게 됐어요.

아　빠 : 무슨 얘기를 했는데 애들이 이렇게 골이 났을까 ?

엄　마 : 말도 마세요. 난 장난감이나 학용품을 사줄려고 데려
　　　　왔는데 뚱단지 같은 오바와 자전거를 사달래 잖아요.

아 빠 : 오바와 자전거?

엄 마 : 그래요. 기가 막혀서. 자전거야 형편이 되면 사줄 수
       있지만 영희가 사달라는 오바는 안돼요.

아 빠 : 무슨 소리야, 그깟 오바하나 때문에 우리 공주님을 속
       상하게 했어?

엄 마 : 당신도 그 공주님, 공주님 하는 소리좀 집어치우세요.
       자꾸 당신이 영희를 감싸니까 버릇이 없어지잖아요. 순
       전히 자기밖에 모르는 애라구요.

아 빠 : 아니, 그게 무슨 소리야. 영희가 얼마나 착하고 마음
       씨가 고운데 말야. 이사람 우리 영희 잘못봐도 한참 잘
       못 봤다니까.

엄 마 : 관두세요. 당신이 저번달 영희 생일날 사준 푸른색 오
       바코트도 사준지 이틀이 돼서 잃어버렸잖아요. 매번 새
       로 사주는 걸 잃어버리는 애에게 사줘 뭐해요. 애가 누
       굴 닮아서 그런지 모르겠어요. 건망증도 심하고 고집도
       세니, 공부하나 잘한다구 전부가 아네요.

아 빠 : 그만 둬요. 왜 공연히 애 기를 죽이려고 그래? 영희
       야, 괜찮아, 엄마가 화나서 괜히 그러는 걸꺼야 세상에
       우리 영희만큼 착한 애가 어디있어, 있으면 한번 나와
       보라구 해!

엄 마 : 어이구, 둘다 똑같다니까. 깨진 쪽박 같아서 원!

아 빠 : 뭐야! 깨진 쪽박 하하하, 영희야 엄마가 이 아빠랑
       너랑 깨진 쪽박이란다. 히히히! 깨진쪽박, 그긴 내 이
       렸을적 별명이었는데 어떻게 네 엄마가 알았을까?

우선 시장으로 가 보자. 가서 맘에 드는 오바가 있으면 하나 사줄께. 오바때문에 우리 공주님이 우울하시면 전 세계 왕자님들이 병날꺼야. 어서 갑시다.

―아빠 영희 데리고 퇴장―

엄　마 : 으이그, 둘 중에 하나만 제대로 됐어도 내가 맘고생을 덜하지, 똑같다니깐, 자식도 잃어버리는 선수 그 애비도 간혹가다 지갑이나 옷을 잃어버리고 다니니(혀를 찬다).

철　수 : 엄마, 난 안그래. 난 안잃어버려. 난 남의 것 빼앗으면 빼앗었지 절대로 내건 안 잃어버린다.

엄　마 : 그럼 그래야지. 누구자식인데. 어서 아빠 따라서 가자. 요번에는 어림도 없어.

―엄마 철수 퇴장―

제 3 장

―길가에 민수가 시계를 보며 기다리고 있다.―

민　수 : 어, 이자식들이 왜 이렇게 늦지？
　　　　오기만 해봐라. 한 대씩 쥐어 박을테니까.

―민수 무대를 서성이다가 철수와 정태를 보자 눈을 흘기며 처다본다.―

민　수 : 이리와 봐 이 곰보들아！

(둘다 민수 앞에서 고개를 수그리고 있다.)
왜 이렇게 늦었어 ! 한번 혼나 볼테냐.

철　수 : 아, 아냐. 오늘 아빠랑 시장엘 좀 다녀 오느라고 늦었
　　　　어.

민　수 : 그래 ? 철수는 정말 좋은 친구야, 아빠랑같이 시장가
　　　　서 내 생일선물을 다사고 말야.

철　수 : 저, …말야.

민　수 : 말해봐, 괜찮아.

철　수 : 네, 네 선물은 준비 못했어. 아빠가 자전거를 사주는
　　　　바람에 또 사달라고 할 수가 없었다구.

민　수 : 그렇게 너 네 집이 가난해 ?

철　수 : 아, 아니, 나말고 누나도 오바를 사줬거든. 그래서 엄
　　　　마가 잔뜩화가나 있다구 그치만 이것 받아.

민　수 : 이, 이게 뭐야 (받는다).

철　수 : 그건 내가 아끼는 장난감이야 너 가져 생일 선물이
　　　　야.

민　수 : 별거 아니지만 받겠어.

철　수 : 또 있어.

민　수 : 뭐가 또 있다는 거야 ?

철　수 : 너에게 내 자전거를 타고 싶을때 무조건 빌려줄께.

민　수 : 그게 정말이니 ?

철　수 : 그럼 정말이구말구. 그러니까 나 때리지마?

민　수 : 그래, 기특하다. 내가 널 나쁜 애들한테서 보호해 줄
　　　　께 !

철　수 : 정말 너는 좋은 친구야. 고마워.

민　수 : 뭐 그정도 갖고, 근데 정태 넌 왜 고개만 수그리고 있
　　　　어?

정　태 : 난 아무것도 준비를 못했어.

민　수 : 뭐야! 아니 이런 녀석이 다 있지. 넌 대장 알기를 우
　　　　습게 아는 거야 !

정　태 : 그, 그런건 아니야. 돈이 없어서…

민　수 : 웃기고 있네. 네 저금통이 배터져 죽은 건데 돈이 없
　　　　다구 이런 순전히 사기꾼 !

정　태 : 자, 잘못했어 다음번엔 정말 좋은 선물 사줄게 응, 한
　　　　번만 봐줘라.

민　수 : 봐달라구? 웃기고 있네 똑바로 서.

정　태 : 왜, 왜이러는 거야.

민　수 : 똑바로 서라면 서있지 못하고 에잇 ! (주먹으로 복부
　　　　를 때린다.)

정　태 : 아악, 왜, 왜이래 자, 잘못했다니까.

민　수 : 넌 매번 이런 식이였어. 오늘은 단단히 혼내줄거야.
　　　　엎드려.

정　태 : 야, 민수야.

민　수 : 엎드리라면 엎드려.

정　태 : 아, 알았어 때리지만 마 ! (정태 엎드려서 주먹을 쥔
　　　　다.)

민　수 : 넌 나쁜 놈이야 ! 대장 생일날 매번 그냥 넘어갔잖
　　　　아. 내가 널 얼마나 도와주었냐, 5반 성철이가 덤빌때
　　　　나 아니었어봐라 네가 어떻게 되있겠냐. 힘들지 ?

정　태 : 으응, 용서해줘, 다음엔 안 잊을 꺼야.

민　수 : 너, 손목에 찬거 내가 한 번 차보면 용서해 주지.

정　태 : 이 손목시계 한 번만 차보면 용서해 줄꺼야 ?

민　수 : 그럼, 대장이 언제 거짓부렁하니 ?

정　태 : 좋아 한 번 차봐 (일어서서 손목시계를 민수에게 준
　　　　다.)

민　수 : 히ㅡ야 그거 참 좋은데, 너보다 내가 차니까 더 잘 어
　　　　울린다. 그치 (철수를 돌아보며).

철　수 : 으, 웅 그래. 대장 네 더 멋져 !

정　태 : 이제 그만 줘,

민　수 : 야, 차 본지 몇 시간이 지났다구 벌서 빼앗아 가니 ?
　　　　이건 사기꾼에다가 순 날강도야 ? 너 커서 깡패될려구
　　　　그래 ?

정　태 : 아, 아냐. 조금만 더 차보고 줘야 되 ?

민　수 : 걱정마 임마!

　ㅡ이때 정장한 노신사 등장ㅡ

신　사 : 애들아, 말좀 묻겠다. 노는데 실례가 됐다면 용서해다
　　　　오.

민　수 : 뭔데 그래요?

노신사 : 너희들 혹시 김영희라는 아이의 집이 아딘지 아니?

민　수 : 김영희요? 그 누나는 애네 누난데요. (철수를 가리키
　　　　며)

철　수 : 왜 그러세요. 우리 누나는 지금 학원가고 없어요.

노신사 : 으응 다른게 아니구 이 아저씨하고 너의 누나는 친구
　　　　거든 지나는 길에 집을 좀 알아둘려구.

민　수 : 어저씨가 뭔데 철수네 집을 알아야 되요! 혹시 간첩
　　　　아녀요?

노신사 : 하하하, 맹랑하긴 이 아저씨는 요 밑에있는 청선고아
　　　　원 원장이다. 영희와 알고 지냈지는 벌써 3년이 되어가
　　　　는 걸, 영희가 하도 기특한 일을 많이해서 부모님을 좀
　　　　만날려고 그런다. 이제 됐니?

민　수 : 그, 그럴리가요. 영희누나는 건망증이 심한 물건 잃어
　　　　버리기 선순데요.

노신사 : 아무튼 집좀 가르쳐 주겠니? 이 할아버지가 너무 고
　　　　마워서 한 번 찾아 봐야 할 것 같아서 말이다.

철　수 : 그럼 절 따라 오세요.

노신사 : 그래, 정말 기특한 애들이구나. 그럼 잘 놀아라.

　—노신사, 철수와 퇴장—

정　태 : 나도 이제 집에 가야 되는데…

민　수 : 그런데, 그런데 어쩌란 말이냐?

정　태 : 시, 시계를 줘야 갈거아냐.

민　수 : 시계? 무슨 시계?

정　태 : 네 손목에 있는 내 시계 말야.

민　수 : 이게 어떻게 네 시계야. 내 손목에 있으니까 내꺼지.

정　태 : 왜이래, 울엄마 아시면 야단맞는단 말야.

민　수 : 그래, 좋아 줄께. 하지만 귤장수아저씨가 널 가만 안
　　　　둘껄.

정　태 : 이러지마 왜그래, 내가 잘못했다고 했잖아.

민　수 : 그럼 이 시계 일주일만 차다 줄께.

정　태 : 안돼, 난 어떡허구.

민　수 : 그거야 네가 알아서 해야지. 시계 도로 줄까. 난 지금
　　　　귤장수 아저씨한테 가구 말야.

정　태 : 되, 됐어 꼭 1주일만 차야돼.

민　수 : 걱정마, 그럼 잘가, 나도 가야 되니까.

　—민수 시계를 자랑하듯보며 퇴장, 정태 울상이 되어서 나간
다.—

제 2 막 1 장

영희네 집 (영희 엎드려 울고 엄마 잔뜩 화났다.)

엄 마 : 아니, 이런 옷을 또 잃어 버렸어 ! 넌 도대체 누굴 닮
아 그러니 응, 그게 얼마짜린데 또 잃어버려 ! 안되겠
어. 오늘은 네가 아주 단단히 혼구멍을 내 줘야겠어 !
이리와, 이놈의 지지배.

영 희 : 어, 엄마. 자, 잘못했어요. 다시는 안 그럴께요. 네 ?
용서해 주세요.

엄 마 : 잘못했다구. 으이그 이런 멍청한 지지배. 왜 애미 속
을 그렇게 썩혀 ! 사지말라는 옷을 왜 사가지고 (영희
의 등을 마구 때린다.).

영 희 : 엄마, 잘못했어요. 다시는 안그럴께요.

엄 마 : 안되, 이젠 절대 용서할 수 없어 !

　─이때 문두드리는 소리 초인종 소리─

엄 마 : 누구야 ! (문가로 가서).
누구세요 (목멘소리로).

　─밖에서 정태엄마 와 있다. "여기가 김철수네 집 맞죠."

엄 마 : 그런데요. 누구세요.

정태엄마 : 저 철수친구 정태라는 아이 엄만데요.

엄　마 : 아, 그러세요. (문을 열어준다.)

　―정태와, 정태어머니 들어온다―

정태엄마 : 아이구, 초면에 실례가 많군요. 다른게 아니라 철수 있습니까?

엄　마 : 철수요? 철수는 지금 친구들하고 놀고 있을 텐데요.

정태엄마 : 그래요. 이거 어쩐다.

엄　마 : 왜그러시죠?

정태엄마 : 그, 글쎄 이 말을 해야 될지….

엄　마 : 아니, 망설이지 말고 해보세요. 우리철수가 혹 무슨 잘못이라도….

정태엄마 : 아니, 잘못은요. 어리니까 생각이 없어서 그랬을 테 지만.

엄　마 : 아니, 말을 해 보세요. 우리 철수가 무슨 잘못을 했길 래 그러세요.

정태엄마 : 그래요. 그럼 말하죠. 글쎄 철수라는 아이가 애(정 태를 가리키며) 시계를 훔쳐… 아니, 가져 갔다지 뭐예 요.

엄　마 : 예? (소스라치게 놀라며) 아, 아니 우리 철수가 뭣때 문에 댁의 아이의 시계를 가져가요? 뭘 잘못 알고 오 신것 아녜요?

정태엄마 : 아녜요. 분명히 철수가 가져갔대요. 정태기 잡힌 시 계를 끌러논 사이에 말예요.

엄　마 : 아니 세상에, 걔가 그런 짓을 할 애는 아닌데….

정태엄마 : 글쎄요. 아무리 제 속으로 난 애지만 어찌 다 알겠
　　　　　어요.

엄　마 : 뭐라구요. 그럴리가 없어요. 우리 철수는 그런 나쁜짓
　　　　　을 할 애가 아니라구요.

정태엄마 : 이것보세요. 그럼 이 아이가 거짓말 했단 말예요?
　　　　　이거 왜 이러세요. 남의 아이 누명 씌우지 말고 어서
　　　　　시계나 내놔요.

엄　마 : 기가 막혀서, 아니 없는 시계를 어떻게 줘요.

정태엄마 : 허참. 이젠 모자간에 합작으로 도둑질할 셈인가?

엄　마 : 뭐라구요. 이여자가?

정태엄마 : 아니, 이 여자라니, 어디다 대구 함부로 이여자야?
　　　　　아들 간수 하나 제대로 못한 걸 반성하지는 않구.

엄　마 : 나가요. 당장 나가요. 우리철수는 무엇하나 부족한 것
　　　　　없이 키운 아이예요. 그런 애가 뭐가 아시워서 시계를
　　　　　훔쳐요.

정태엄마 : 이거 점점, 이것봐요. 시계를 주면 그냥 간다잖아요.
　　　　　정 이렇게 나오겠다면 나도 파출소에 고발할 겁니다.

엄　마 : 뭐요? 고발? 맘대로 해봐요. 어디 한번 파출소가 아
　　　　　니라 경찰서에라도 고발을 해요. 참내 없어진 시계를
　　　　　하나 사달라는 거야 뭐야!

정태엄마 : 좋아요. 우리 맘대로 해 보자구요. 가자.

　　　　—정태와 정태엄마 퇴장—

엄　마 : 어이그 자식들이라는게 하나같이 이 모양이니 도대체
　　　　이녀석은 어딜가서 안나타나는 거야 !

　　　　—잠시후 철수가 고아원 원장을 데리고 등장한다.—

철　수 : 엄마, 엄마 저 왔어요.

엄　마 : 어딜갔다… 아니, 누구세요 (원장을 보며 놀란 모습으
　　　　로).

원　장 : 이곳이 김영희 어린이네 집인가요 ?

엄　마 : 그런데 왜그러시죠 ? 누구십니까 ?

원　장 : 아, 내정신좀 봐. 초면에 실례가 많았군요. 전 요 아래
　　　　청산고아원 원장 김복동이라고 합니다.

엄　마 : 고아원 원장이시라구요 ? 그런데 어쩐일로….

원　장 : 다름이 아니라, 아 저기 영희가 있군요. 영희야 !

영　희 : 서, 선생님.

원　장 : 아니, 왜 울었니 ? 천사같이 착한 영희가 무슨 일로
　　　　울었을까 ?

엄　마 : 저, 그런데 저희집에는 어쩐일로 오셨죠 ?

원　장 : 예, 사정을 말씀드리자면 길지만 영희가 하도 기특한
　　　　일을 하길래 부모님을 한 번 찾아 뵙고 싶어서 이렇게
　　　　왔습니다.

엄　마 : 애가 (영희를 보며) 기특한 일을 해요 ? (혼자소리

로)―오늘은 뭐가 뭔지 모르겠군―

원　장 : 지금 영희가 다니는 학교 교장 선생님을 만나뵙고 오
　　　　는 길입니다. 영희같은 아이는 표창을 받아야 마땅하거
　　　　든요.

엄　마 : 표창이라요 ?

원　장 : 글쎄요. 학교에서도 모르고 부모님 조차 영희의 착한
　　　　일을 모르고 계셨다면 제가 말하는 것이 영희에게 실례
　　　　가 안될지 모르겠군요.

엄　마 : 신경쓰지 마시고 어서 얘기해 보세요.

원　장 : 그럼 그러죠.

해　설―원장은 영희가 그동안 고아원에 있는 친구들에게 옷
　　　　과 장갑 그리고 목도리를 갖다주면서 도와준 일들을 얘
　　　　기했어요. 원창도 옷과 장갑, 목도리들을 받으면서 내심
　　　　불안했기 때문에 찾아 왔노라고 말했어요.

원　장 : 정말 훌륭한 아이입니다. 착한 일하는데도 용기가 필
　　　　요하거든요.

엄　마 : 아, 그랬군요. 저 조금 있으면 애 아빠가 오실텐데 그
　　　　때까지 기다리셨다가 가시죠. 그동안 차라도 하시면서.

원　장 : 아닙니다. 고아원을 한시도 비울 수가 없거든요. 다음
　　　　에 틈나는대로 다시 오죠. 정말 고맙습니다.

엄　마 : 아니, 뭘. 그럼 살펴가세요.

원　장 : 예 안녕히 계세요.

　　　　－원장 퇴장－

엄　마 : 아니, 넌 ! (영희에게로 가서) 세상에 엄마 아빠 허락
　　　　도 없이.

영　희 : 죄송해요 엄마, 하도 걔네들이 춥게 보여서요.

엄　마 : 다음에는 이 엄마에게 꼭 말하고 일을 해 ! 알았니 ?

영　희 : 예, 그럴께요. 엄마 허락도 없이 한 것은 정말 미안해
　　　　요. 하지만 예수님께서도 가난한 사람을 보면 도와주라
　　　　고 그러셨거든요. 그래서 그만 불쌍해서….

엄　마 : 알았다. 이젠 이 엄마가 그동안의 일은 화를 안낼테니
　　　　까, 참 철수 이리와 봐.

철　수 : 왜 ?

엄　마 : 왜 ? 이녀석이 너, 이 엄마에게 속임없이 바른대로 얘
　　　　기해야 돼, 알았어 !

철　수 : 응, 난 거짓말 같은거 안해, 교회선생님이 거짓말하면
　　　　지옥간다고 했어. 난 거짓말 같은거 안해.

엄　마 : 좋아. 그럼 내가 묻겠는데 너 혹시 시계 줍거나 본거
　　　　있니 ?

철　수 : 시계 ?

엄　마 : 그래 시계 손목에 차는 시계 말이야.

철　수 : 아니, 난 본 일 없는데.

　　　　－이때 다시 정태엄마 등장－

정태엄마 : 계세요? 철수엄마 계세요?

엄 마 : 아니, 이여자가 정말 순경을 데리고 왔나, (문을 열어
　　　　준다.) 또 왜그러시죠?

정태엄마 : 아까는 정말 실례가 많았어요. 제가 어리석게 굴어
　　　　정말 미안해요.

엄 마 : 아니 괜찮아요. 그런데 뭘 이런 것까지.

정태엄마 : 아니예요. 제가 끼친 잘못에 비하면 부족하죠. 아참
　　　　제가 학교에 금방 갔다오는 길인데 영희가 그렇게 착한
　　　　일을 많이 했다면서요.

엄 마 : 글쎄요. 저도 무슨 일인지. 금방 연락을 받아서.

정태엄마 : 영희 어머니는 좋겠어요. 훌륭한 애들을 둬서 말예
　　　　요.

엄 마 : 훌륭하기는요. 애들이 성경말씀대로 사는게 기특할 뿐
　　　　이죠.

정태엄마 : 교회를 다니는 모양이죠?

엄 마 : 예 그래요.

정태엄마 : 나도 정태에게 교회를 나가라 일렀는데 워낙 말을
　　　　안들어서. 이참에 교회에 꼭 보내야겠어요.

엄 마 : 그러세요. 교회를 가면 생활이 많이 달라질꺼예요.

정태엄마 : 우리나라 애들이 전부 교회를 다닌다면 좋겠어요.
　　　　그럼 민수같이 나쁜아이도 없을테고 적어도 남의 물건
　　　　을 훔치지는 않을테니까 말예요.

엄　마 : 아니, 민수가 그런 모양이죠?

정태엄마 : 예, 그러고도 잘못을 인정 안하더군요. 어쨌든 제 자
　　　　 식놈도 귤을 훔쳐먹었으니 남의 자식을 탓할게 못되죠.

엄　마 : 그럼 이번에 꼭 교회를 보내세요. 내일이 성탄절이예요.

정태엄마 : 그래야 겠어요. 이러다간 동네 애들이 죄다 도둑질
　　　　 이나 배우고 말것 같아요. 어떻게 해서든지 부모네들이
　　　　 나서서 애들을 교회에 보내야 겠어요. 교회에 나가면
　　　　 영희처럼 착한마음을 갖겠지요.

엄　마 : 물론이지요. 꼭 그렇게 하세요.

정태엄마 : 정말 미안했어요. 그럼 다음에는 이런 보기흉한 일
　　　　 말고 그냥 놀러 올께요. 그때는 기쁘게 맞아 주세요. 염
　　　　 치는 없지만….

엄　마 : 이를 말인가요. 바쁘실텐데 어서 가보세요.

정태엄마 : 그럼 안녕히 계세요.

　　ー정태엄마 퇴장ー

엄　마 : 이리들 와 봐 (애들을 양쪽 팔안으로 가슴에 안으며)
　　　　 에이그 귀여운 것들! 자 이러구 있을 게 아니라 빨리
　　　　 준비해서 교회에 가자. 오늘 성탄 발표회가 있다고 했
　　　　 지?

철수·영희 : 네 엄마.

엄　마 : 그래, 오늘 교회깄다와시 엄마가 밋있는기 해 줄께.

철수·영희 : 고마워요. 엄마 !　　　　　　　　　　ー 끝 ー

3. 우리의 세상
<청·장년用>

■ 나오는 이 : 명호, 어머니, 아버지, 김씨, 이집사, 김집사,
　　목사, 최집사.　총 8명

＊ 연출지도

   도시 서민의 애환을 담은 극이다. 극 자체가 신앙인의 이중성을 고발하는 동시에 그리스도인의 참된 자세를 주제로 삼은 극이다. 모쪼록 이 극이 상연된다면 연출자분은 인물들의 연기력을 다듬어서 극 자체를 가벼이 다루지 않도록 해야 한다. 또한 결말 부분의 유인 낭송은 음악이 삽입되는 곳이므로 가능하면 녹음처리하는 것이 효과적이다. 출연진들이 극을 잘 소화하면 충분한 느낌을 줄 수 있는 극이므로 최선을 다해 시간을 투자해서 오늘 현대 교회를 한번 정확하게 고발해 봄도 바람직하리라 생각이 된다. 그래서 우리의 삶이 조금이라도 변화가 된다면 말이다.

제 1 막

　-무대배경(길거리), 무대안으로 들어오면서 인물대사, 연기
시작 조명비춤-

이집사 : (무대로 들어오면서 최집사를 보고) 최집사님 정말
　　　　어려운일 하셨어요. 그렇잖아도 교회가 무척 어려웠는
　　　　데 집사님 덕분으로 세를 안내게 되었으니 말예요.

김집사 : 누가 아니래요. 모두가 월세금으로 나가는 돈을 얼마
　　　　나 안타까워 했는데요. 이번 최집사님의 도움으로 그
　　　　금싸라기 같은 돈이 나가지 않게 됐으니 정말 다행이예
　　　　요.

최집사 : 뭘 그런것 가지고 그러십니까. 하긴 벅차기도 했지만
　　　　말예요. 그렇다고 피같은 돈을 매달 눈 버젓이뜨고 버
　　　　릴수야 없잖아요. (매우 교만한 표정으로) 누가 하더라
　　　　도 했어야 할 일을 제가 했을 뿐인걸요.

이집사 : (아양떨듯) 아이, 정말 겸손하시기도 하시네. 그러니
　　　　까 이제까지 월세로 나간 돈이 모두 얼마나 되는지 아
　　　　십니까?

김집사 : 그야 이집사님이 더 잘 아실텐데요?

이집사 : 물론 알고 있지요. 꼬박 일년 사개월 동안 오십만원씩
　　　　을 재정에서 지출했어요. 십육개월 동안을 냈으니 팔백
　　　　만원 아닙니까.

최집사 : 아니, 벌써 그렇게 됐습니까?

김집사 : 그렇고 말고요. 눈 깜짝할 새에 돈 천만원이 우습게
　　　　 날아간 셈이죠.

이집사 : 천만원이면 보통 액수가 아니군요. 그런데 최집사님,
　　　　 이번 전세로 올려주는데 얼마를 더 달라 하던가요?

최집사 : 우리교회가 보증금 이천만원에 오십만원을 매달 냈었
　　　　 잖아요.

이집사 : 네.

최집사 : 거기에다 이천만원을 더주면 전세로 재계약을 해준다
　　　　 고 했어요.

김집사 : 그런데 갑자기 그 큰 돈을 어디서 구했습니까? 저축
　　　　 이라도 했습니까?

최집사 : 아닙니다. 집을 저당잡히고 은행에서 융자를 얻었습니
　　　　 다.

이집사 : 아, 그랬군요. 정말 훌륭한 일을 하셨군요.

김집사 : 최집사님은 아주 많은 축복을 받을 것 같아요. 그렇게
　　　　 까지 정성을 다하시는데 하나님이 가만 계시겠어요. 저
　　　　 라도 아끼지 않고 축복을 해주겠어요.

최집사 : 원 별 말씀을 다하시는군요. 참, 구역예배 드리러 간
　　　　 다면서요.

김집사 : (호들갑스럽게) 아참, 그랬었지 내 정신 좀 봐 하마터
　　　　 면 깜빡 잊을 뻔 했네.

이집사 : 몇신데 그래요.

김집사 : 세시예요.

이집사 : 우린 저녁 아홉시예요. 우리구역 식구들이 대부분 공장을 다니고 있어서 그 시간외에는 모일 시간이 없어요. 바쁘실텐데 어서가 봐야지요. 벌써 세시가 다 됐어요.

김집사 : 그래야겠어요. 구역식구들이 먼저와서 기다리겠는데요.

최집사 : 어서들 가보세요. 저도 누굴 좀 만나러 가야하는데, 그럼 여기서 헤어져야 겠네요. 주일날 만나요.

이·김집사 : 그러세요. 괜히 우리들 때문에 약속시간 늦은거 아닌지 모르겠어요.

최집사 : 아니예요. 아직 늦지 않았어요. 그럼 안녕히들 가세요.
　—최, 김, 이집사 퇴장. 조명 아웃—

제 2 막

—무대배경 : 초라한 방에서 세식구가 살고 있는 풍경, 아버지 2년간 병석에 누워있다. 어머니 남의 집 파출부로 일하며 생계를 이끌어 가고 있다. 아들은 학교에서 공부를 잘하는 모범생이나 개성이 강하고 강한 독립심을 갖고 있다.
　무대가 열리면 중앙에 아버지 이불을 덮고 누워있다. 어머니는 바느질을 하고 아들은 등록금 납부용지를 보며 시름에 잠겨있다. 조명이 비치고 서서히 대사가 시작된다. ―

아　들 : (또박또박 분명하게) 어머니, 저도 이젠 어린애가 아니라구요. 허락좀 해 주세요. 네?

어머니 : (바느질을 하면서 쳐다도 안 본다) 글쎄, 안된다니까. 너 하나밖에 없는데 가르치지 못하면 아버지와 이 엄마는 평생 한으로 남을거다. 쓸데없는 소리하지 말고 어서 건너가 공부나 해.

아　들 : 배우는 것도 중요하지만 지금은 어쩔 수가 없잖아요. 제 등록금이 벌써 3기분이나 밀려 있고 또, 방세마저 150만원을 올려 달라고 하는데 무슨 수로 다 감당하시려고 그러세요? 아버지가 몸져 누우신지도 벌써 2년째예요. 그동안 변변히 약 한번 사드린 적이 없잖아요.

어머니 : 글쎄, 네가 상관할 바가 아니라니까 그러는구나. 넌 공부나 열심히 하면 돼, 이 엄마가 다 알아서 할거야. 등록금도 곧 될테니 염려하지 마라.

　　　 ―아버지 뒤치닥거린다. 모자의 대화에 몹시 신경이 쓰이는 듯―

명　호 : (잠시 생각에 잠겨) 어머니, 지금은 배울 수 있는 기회는 많아요. 전, 배울 수 있는 기회를 놓치고 싶지가 않아요. 돈을 벌면서 배울수 있는 기회를 말예요. 제 친구중에 영섭이라는 아이도 직업훈련소에 들어가서 지금은 어엿한 도배 기술자가 되었다구요. 하루에 3만원씩은 번대요. 저도 직업훈련소에 들어가서 정비기술을 배우고 싶어요. 사실 공부 따위는 제게 아무런 소용이 없어요. 지금 같아서는 대학도 포기하고 싶다구요.

어머니 : (바느질하다 말고) 아니 얘가. 그게 도대체 무슨 소리야, 대학을 포기하다니 누가 너더러 정비기술을 배우라고 했어? 왜, 이 엄마의 맘을 그렇게 모르니? 네가 대학을 나오면 정비기술을 배운 것보다 훨씬 유용하게 사회생활을 할 수가 있어. 엄마가 다니는 집 아들은 떼돈을 들여 가르치는데도 공부를 못해 야단인데 넌 왜 그모양이냐, 너 정도면 대학을 쉽게 갈 수가 있다구. 아무리 가난해도 배워두면 나중에 너같이 어려운 처지에 있는 사람을 도와 줄 수 있는 위치에 오르게 된다구. 등록금은 이 엄마가 교회 집사님들에게 사정을 해서 조금만 기다리면 꿔준다고 했어. 걱정하지 말고 어서 건너가 공부나 해 !

명 호 : 싫어요. 전 그런 식으로 공부하고 싶지는 않다구요. 그따위 도움도 받고 싶지 않구요.

어머니 : 뭐야 ! 그따위라니 ! 이녀석이 나중에 별 소리를 다 하네.

명 호 : 어머니가 몰라서 그래요. 그 사람들이 어머니를 무엇 때문에 돕는지 아세요?

어머니 : 그건 또 무슨소리냐?

명 호 : 어머니를 돕는건 어머니를 통해서 자기들의 위치를 선전할려구 그런다구요. 남을 도울땐 아무도 모르게 하라구 성경에도 있어요. 그런데 교회에 소문이 어찌 난 줄 아세요?

어머니 : 소문? 무슨 소문?

명　호 : 누가 누구에게 돈을 빌리고 그집 걸레까지 빨아준다더라하며 정말이지 미치겠어요.

어머니 : 뭐라구?

명　호 : 전 이제 교회도 안나갈 거예요. 창피하단 말예요.

어머니 : 아니, 이 녀석이 건너가지 못해!

명　호 : 어머니, 저도 나중에 훌륭한 사람이 될 수 있어요. 대학을 나와야 꼭 훌륭한 사람이 되는 건 아니라구요. 그리고 어머니가 교회 집사들한테 아쉬운 소리하는 걸 더 이상 볼 수가 없어요. 목사님이 뭐래는줄 알아요. 같은 교회 성도들끼리 돈을 꿔주고 꾸지말라고 했어요. 금전 거래를 일체 못하게 했잖아요. 근데 그렇게 거지취급 받으면서 저를 꼭 가르치고 싶으세요?

어머니 : 뭐야? 아니, 누가 거지 취급을 받아?

명　호 : 그럼 이게 거지취급 아니구 뭐예요. 작년에도 어머니가 얼마나 많은 사람들을 붙잡고 하소연을 했어요. 그런데도 누가 쉽게 돈을 꿔준적이 있어요? 없잖아요. 이젠 그렇게 살고 싶지가 않다구요.

　─이때 듣다못한 아버지 기침을 하면서 소리를 버럭 지른다.─

아버지 : 콜록콜록─ 조, 조용히들 못해! 콜록 조용히─들 좀 해요─.

　─주위는 잠시 조용해진다. 이때 문두드리는 소리─

최집사 : 계세요?

어머니 : 누구세요?

최집사 : 저, 최집사예요.

어머니 : (주위를 재빨리 정돈하고 나서 일어나 맞이한다.)
　　　　 어서 오세요.

최집사 : 아, 우리 명호군도 있었군요.

　─최집사 들어오자 아버지는 이불을 뒤집어 쓰고 돌아 눕는
다.─

어머니 : 이리로 좀 앉으세요. 방이 워낙 누추해서.

최집사 : 뭘요. 괜찮아요.

어머니 : 뭘 좀 드실래요? 차 좀 내올까요?

최집사 : 아녜요. 바빠서 빨리 가봐야 돼요. 그냥 무엇하시나
　　　　 들러봤어요.

어머니 : 아, 예.

최집사 : 명호가 또 1등을 했다면서요?

어머니 : 예, 그거 하나 바라보고 사는데 어렵지만 그래도 기쁨
　　　　 이 생겨요.

최집사 : 그렇겠죠. 그런데 우리 성욱이는 왜 그렇게 공부하기
　　　　 를 싫어하는지 모르겠어요. 명호처럼, 아니 명호 반만이
　　　　 라도 닮았으면 좋겠는데 말예요.

　─최집사 명호를 쳐다보며 잠시 뜸을 들인다. 이윽고 어머니

의 눈치를 살피다가—

최집사 : 저, 약속한 날짜가 벌써 석달이나 지났는데 어찌 잘
　　　　되셨습니까?

어머니 : 예? 아, 그, 그게 잘… (바구니에 담긴 보자기 꾸러미
　　　　를 최집사에게 내놓으며)약속하신 150만원을 다 채우지
　　　　못했어요. 여기저기 알아 봤지만 150만원을 다 채우지
　　　　못했어요. 여기저기 알아 봤지만 100만원 밖에.

최집사 : (보자기 꾸러미를 펼치며 이맛살을 찌푸린다) 그, 그
　　　　래요. (돈을 헤아린다) 그럼 나머지 돈은 언제 쯤 될것
　　　　같아요?

어머니 : 글쎄, 교회다니는 사람이 거짓말은 못하고 어쩌나, 빠
　　　　른 시일내로 구해보도록 노력할께요. 요즘 들어 돈구하
　　　　기가 무척 어려워서.

최집사 : 성도님의 형편을 모르는게 아니지만 저희도 사정이
　　　　딱하게 됐어요. 이번에 집을 저당잡히고 은행융자를 얻
　　　　었는데 그래도 모자라는 돈은 꾸었거든요. 집세로 갚을
　　　　마음에서요. 그리고 저희집 양순이가 곧 시집을 가게
　　　　될텐데 저희도 사정이 좀 급해요.

어머니 : 양순아가씨가 시집을 가는 모양이지요?

최집사 : 예, 뭐 당장 가는건 아니지만 그 안에 돈을 좀 모아
　　　　두어야지요. 지가 돈 벌어 논 것도 없구.

어머니 : 어쩌죠, 100만원도 간신히 꾸었는데.

최집사 : 더 좀 해보세요. 이달 안으로 안되면 저희도 무슨 대

책을 세워야 할것 같아요.

—아들이 참견을 한다.—

명 호 : 이달 안으로 안되면 어찌실 건대요?

어머니 : 명호야? 어른들 얘기하는데 왜 버릇없이 나서는 게
        야! 저 애말 신경쓰지 마세요. 어려서 아무것도 몰라
        요.

명 호 : 모르긴 뭘 모른다고 그래요. 작년에도 돈이 좀 모자란
        다고 다섯달동안 월세를 더 물어줬잖아요. 같은 교회에
        다니면서 정말 그럴수가 있는 거예요. 남들이 다 너무
        하다고 하더군요.

어머니 : 명호야! 너 왜그러니.

최집사 : (불쾌하게) 안되겠어요. 이 돈 도로 집어 넣으세요. 그
        리고 이달 안으로 방을 뺄테니 다른 집을 알아보세요.
        나도 사정을 알아서 많이 봐줬는데 나중엔 별소릴 다
        듣겠네 기가 막혀서.

명 호 : 좋아요. 집을 나가지요. 저도 더이상 이런 집에서는
        숨이 막혀서 못살겠다구요.

어머니 : 명호야, 너 입닥치지 못하겠니?

최집사 : 허 참, 기가 막혀서, 쪼그만게 못하는 소리가 없네. 공
        부 잘한다고 귀여워 해줬더니 이젠 뵈는게 없나.

명 호 : 뭐라구요?

최집사 : 아니, 네가 눈을 부릅뜨면 어쩔 셈이냐? 날 칠 작정

이냐. 나중엔 봉변을 당하겠네.

어머니 : 집사님, 어린것이 그런 것이니 집사님이 모른척 하세
　　　요. 그리고 이추운 겨울에 방을 빼면 갈 곳이 어디 있
　　　다구 이러세요.

최집사 : 그건 내가 알 바가 아녜요. 당신들의 사정이지요. 더
　　　이상 거론 맙시다. 사정 알아서 봐줬더니만 나중엔 별
　　　해괴한 소릴 다듣겠네. 에이 더러워서.

　－최집사 퇴장－

어머니 : 집사님, 집사님! (어머니 집사가 나가자 명호에게 달
　　　려들어 마구 팬다) 아이구, 이녀석아 어쩌자구 함부로
　　　입을 놀려 이 추운 겨울에 어디로 갈려구. 그동안 봐준
　　　것도 고마운데 뭐가 모자라서 그러니 응? 어서말좀 해
　　　봐 이녀석아! 그 잘난 입으로 왜 말을 못하는 게야,
　　　응!
　　　(등을 마구 때리다가 풀에 지켜 주저않는다)
　　　어이구 내 팔자야, 어이구 으흐흐흑.

명　호 : 에이－ (밖으로 뛰쳐 나간다).

　－어머니의 신세 한탄 소리에 조명이 어두워지며 막이 내린
다.－

제 3 막

　－무대 : 어느 커피숖, 목사와 두집사가 원탁에 모여앉아 애

기를 나눈다.―

목 사 : 이집사님, 제가 부탁한것 준비 됐습니까?

이집사 : 네, 목사님. 상패를 전문으로 취급하는 델 가봤더니
        대략 4~5만원선이면 감사패를 만들 수 있을 것 같아
        요. 그 이상 가는 것도 많았지만 그래도 4~5만원짜리
        가 가장 무난한 것 같아요.

김집사 : 아니, 그 이상 가는게 있다면 얼마나 비싼데 그래
        요?

이집사 : 10만원이 넘는것도 허다하던데요.

김집사 : 그래요?

목 사 : 됐습니다. 그 정도로도 충분한 것 같군요. 최집사님의
        노고에 비하면 보잘것 없지만 차차 더 훌륭한 것으로
        해 드리지요. 최집사님의 보상은 하늘나라에 가서 주님
        께 받으실 겁니다.

김집사 : 하긴 그래요. 목사님. 요즘 세상에 아무리 좋은 믿음
        을 가지고 있다고 하더라도 자기집을 저당잡히면서까지
        그런 봉사를 할 사람이 어디 있습니까?

이집사 : 그야 물론이지요. 전부다 자기 목구멍에 풀칠하기도
        바쁜 세상에 어디 신경이나 쓸 수가 있겠어요. 예전에
        우리 고모님은 집을 팔아 전세로 옮기면서까지 교회를
        봉사했는데, 요즘은 세상이 많이 변했어요.

목 사 : 세상은 변해가도 우리 하나님의 말씀은 불변의 진리
        십니다. 모든 것이 다 사라져도 성경 말씀은 일점 일획

이라도 사라지지 않는다고 했지요. 성도들이 그것을 깨
닫지 못하기에 목사로서도 안타깝기만 합니다. 성경에
주님께서 약속하신 말씀은 많은데 그 약속을 믿고 따르
는 사람이 드물어요. 그건 아마도 말세가 가까워서 그
런가 봅니다.

김집사 : 네, 그래요. 말세는 말센 모양이예요. 사람들이 너무
　　　　바쁘고 자기밖에 모른는 것 같아요. 일전에 왜 김정심
　　　　씨 있잖아요.

이집사 : 아, 새로 나왔다가 요즘 안나오시는 분요.

김집사 : 네, 글쎄 그분이 그렇게 열심히 교회생활을 했는데 요
　　　　즘은 너무 바빠서 교회에 나올 수가 없다잖아요.

이집사 : 그래요? 난 또 어디로 이사했는줄 알았어요.

김집사 : 이사는 무슨 이사예요. 처음엔 그분의 남편 사업이 실
　　　　패했을 때만해도 참 열성적이었는데 남편이 차츰 나아
　　　　지니까 아예 나올 생각도 않고 있어요.

이집사 : 어디 그런 사람이 한 둘인가요?

목　사 : 그런 일들을 가만 보고만 있어야 하는 우리들에게도
　　　　문제가 있습니다. 약한자를 권면하는 것은 성도들간의
　　　　당연한 도리지요. 알아서 잘 하겠거니, 하나님께서 인도
　　　　하시겠거니 하고 방관만 한다면 우리의 책임이 더 큽니
　　　　다.

김집사 : 아네요, 목사님. 제가 여러번 찾아갔었는 걸요. 그래도
　　　　막무가내예요. 아예 콧방귀만 뀌는걸요.

목　사 : 예, 김집사님을 나무라는게 아닙니다. 비단, 그일 뿐이 아니구요. 요즘 예수믿는 사람들중에 무사안일한 생각에 빠져있는 사람이 너무 많아요. 남이 잘되면 배아파하고 남이 잘되다가 안되면 고소하게 생각되는 것이 우리 민족이 갖고 있는 아주 못된 습성이죠. 빨리 버려야 해요.

이집사 : 하지만, 남의 일에 깊이 관여할 수가 없잖아요 목사님.

목　사 : 아닙니다. 우린 그리스도의 피로 연합된 한 형제 자매입니다. 우리곁에 남은 결코 있지않습니다. 모두가 형제요 자매이지요. 훗날 우리가 주님곁에 간다며는 이러한 일들로 심판을 면치 못할 것입니다.

김집사 : 목사님 말씀은 백번 천번 지당하시지만 요즘세상에 누가 그런 생각을 갖고 살겠어요. 저부터만 해도 그런걸요. 결국 남은 남이더라구요.

이집사 : 누가 아니래요. 성도들간에 서로 질시하고 미움사기가 일쑤인데.

목　사 : 그러길래 제가 두 분 집사님에게 말씀드리지 않았습니까. 교회에 무슨 어려운 일이 있으면 항상 찾아와서 말씀들을 하시라고요. 성도들 사이의 보이지 않는 다툼은 영적으로 심한 상처를 입게 돼 있습니다. 교회가 병자들, 가난한자들을 돌아볼 사명이 있습니다. 그 사명을 잊은 채 양적으로 팽창만 한다면 소외받고 그늘진 구석이 늘어나기 마련인 것입니다. 요즘 교회도 그것이 문제입니다. 그리스도인의 사랑은 결코 사람의 머리 수로

평가되는 것이 아닙니다. 우리 교회가 어두운 곳을 밝히지 못한다면 분명히 병들어 있다는 증거입니다. 사회의 어두운 곳이 많아진다면 그건 더한 것이지요.

이집사 : 하지만 요즘 교회나 성도들이 자기 살기도 바쁜데 남들을 돌아 볼 엄두가 나겠어요?

김집사 : 맞아요 목사님. 요즘 세상이 그럴 수밖에 없는것 같아요. 내가 살아남기 위해서는 세상을 외면할 수도 없고 이웃을 살펴보기도 힘들어요.

목　사 : 두 분 집사님의 말씀을 모르고서 하는 얘기가 아닙니다. 그럴수록 더욱 힘을 내시고 말씀위에 굳게 서십시요. 우리가 사는 이 세상은 잠시 왔다 가는 나그네의 쉴 곳일 뿐입니다. 미련을 둬서도 안돼요. (잠시 침묵을 한다) 그런데 최집사님에게는 연락을 했습니까? 왜 여태 안나오십니까? 같이 점심이라도 한 끼 하려던 참이었는데.

이집사 : 글쎄요. 올 시간이 지났는데.

김집사 : 최집사님 댁으로 전화를 해 보시지 그러세요.

목　사 : 아닙니다. 그럴것 없습니다. 최집사님이 나오신다고 하셨으면 나오시겠지요.

　―잠시 커피숍의 음악이 커지고 대화가 정지된다. 이윽고 최집사 등장―

김집사 : 아, 저기 최집사님이 오시네요.

　―최집사 빈자리에 앉는다.―

최집사 : 안녕하세요. 목사님 늦었지요.

목　사 : 아녜요. 집사님 오시기 전까지 아주 즐겁게 얘기하면
　　　　서 보냈습니다. 그런데 집사님 얼굴 안색이 좋지 않군
　　　　요. 무슨……

최집사 : 아니예요 목사님, 그냥 어제 집안일을 생각하느라고.

김집사 : 아니 무슨 일이 있었나요?

이집사 : 정말 기분이 안좋아 보여요.

최집사 : 신경쓰지 마세요. 곧 좋아질 거예요. 어찌나 길이 막히
　　　　는지 집에서 여기까지 나오는데 1시간이 넘게 걸렸어요.

김집사 : 참, 최집사님 언제 면허 발급 받으셨죠?

최집사 : 6개월 전에요.

이집사 : 그정도 밖에 안됐는데도 운전을 무척 잘하시는 것 같
　　　　아요.

김집사 : 물론이지요. 최집사님이 못하시는게 있습니까?

이집사 : 그런데 못보던 목걸이가 있네요.

김집사 : 아, 정말 그렇군요. 진짜 진주인 모양이죠. 아주 많네
　　　　요?

최집사 : 예, 애 아빠가 이집트 상인에게서 사오신 거예요.

이집사 : 꽤 비쌀텐데.

김집사 : 그럼요. 우리같은 사람들이야 평생 구경 한 번 해보는
　　　　것도 어렵지요.

최집사 : 그렇게 비싼거 아네요.

이집사 : 최집사님은 정말 행복하시겠어요.

목　사 : 다 하나님께서 복을 주셔서 그렇지요. 요즘 부군의 사
　　　　업이 잘되시는 모양입니다.

최집사 : 예, 이번에 또 제주도에 땅을 사뒀대요. 그곳에 콘도
　　　　를 계획하고 있어요.

목　사 : 다행입니다. 사업이 잘 된다니. 참, 집사님댁에 세들어
　　　　사는 성도님도 잘 계시겠죠?

최집사 : 예, 잘 있어요. 그런데 요 며칠 사이로 이사를 할 것인
　　　　가 봐요.

이집사 : 아니, 최집사님이 여러모로 잘 보살피시는 것 같은데
　　　　왜죠? 어디 더 좋은곳이 있는 모양이죠?

최집사 : 모르겠어요. 속 내막이야 자세히 알길이 없잖겠어요.
　　　　방을 뺀다고 하니 말릴수도 없고, 어디 더 나은곳이 생
　　　　긴 모양입니다.

목　사 : 그 성도님 부군이 꽤 편찮다는 말을 들었는데, 그 분
　　　　이 열심히 교회에 나오셔야 하는데 말입니다. 언제 한
　　　　번 심방을 간다간다하면서 시간이 안나는군요. 한 번
　　　　들러야겠어요. 자, 우리 얘기는 식사나 하면서 합시다.
　　　　이거 때가 지나니 허기가 지는군요.

김집사 : 그래요, 목사님.

　　—음악이 커지면서 조명 out. 막이 내린다.—

제 4 막

무대 : 길거리. 명호가 돌아다니며 배회한다.

명　호 : (주머니에 손을 넣고 무대에서 서성인다)

　—무대로 명호의 아버지 친구가 들어온다.—

김　씨 : 야, 너 명호아냐. 너 여기서 뭐하고 있어.

명　호 : 어, 안녕하세요. 아저씨.

김　씨 : 그래, 너 어디를 쏘다니고 있냐, 이 추운 겨울에. 어제
　　　　집에도 안들어왔다면서.

명　호 : 아저씨가 그걸 어떻게 아셨어요?

김　씨 : 어제 너희집엘 갔었다. 마침 아버지가 부탁한 것이 있
　　　　어서 한번 뵐겸 하고 말이다.

명　호 : 아저씨 요새 일이 없으신가 보죠?

김　씨 : 응, 뜸하게 있긴 하지만 겨울이라 공사가 없어. 요즘
　　　　은 보일러만 고치러 다니고 있어. 근데 어제 집엘 안들
　　　　어오고 도대체 어딜 갔었니? 아버지가 무척 걱정하던
　　　　데.

명　호 : 마음이 답답해서 좀 돌아 다녔어요.

김　씨 : 아니, 너도 답답할 때가 다 있니?

명　호 : (주위를 맴돌며) 왜요, 저도 생각하면서 사는 사람인
　　　데요.

김　씨 : 뭐가 그리 생각할게 많아서 집에도 안들어가. 어머니
　　　가 걱정하실거 뻔히 알면서 말야.

명　호 : (말없이 발만 가지고 논다)

김　씨 : 어서 들어가 봐. 어머니가 눈이 빠지게 기다리실거야.

명　호 : 지금 그렇잖아도 들어가려던 참예요. 그런데 아저씨는
　　　어디를 가려던 참예요?

김　씨 : 응, 보일러 손보러가. 요 언덕너머에 있는 기와집으로
　　　말야.

명　호 : 아, 예.

김　씨 : 추운데 어서 가거라. 아저씨는 바빠서 먼저 가야겠다.
　　　참, 엊저녁 어디 있었는지 끝까지 말 안할 셈이냐?

명　호 : 교회에서 잤어요.

김　씨 : 그럼 그럴테지. 네가 갈 곳이 어디있어.

명　호 : 근데 엊저녁에 아버지가 무슨 부탁을 하셨어요?

김　씨 : 응? 네 삼촌이 비닐하우스 하신다며, 그런데 잡초가
　　　무성하다고 그러더라. 그래서 나보고 제초제 두 병만
　　　사가지고 오래서 들고 갔었어. 너도 알다시피 아버지야
　　　움직이지도 못하는데 그정도 심부름이야 못들어 줄 내
　　　가 아니지. 난 가장 친한 친군데.

명　호 : 이상해요. 저의 삼촌은 작년에 농사를 그만 두시고 읍

내로 이사하셨는데 누구를 말씀하는지 모르겠어요.

김 씨 : 아참, 그렇지 나도 그얘기 들은 적이 있다. 그럼 다른
       삼촌이겠지.

명 호 : 아녜요. 제겐 삼촌이 그분 하나 밖엔 없어요.

김 씨 : 그래? 그럼 누구를 갖다줄려고 그랬을까? 너 오면
       보낸다고 하시던데. 나도 좀 이상했어. 제초제는 그곳도
       어디에나 있을텐데 뭣때문에 서울서 사가지고 갈려했는
       지 말야. 하긴 여기가 싸긴 싸지만….

명 호 : (놀라며 김씨에게 다가서서) 아저씨, 그 잡초제거제
       먹으면 어떻게 되지요?

김 씨 : 그게 무슨 소리야? 그걸 왜 먹어?

명 호 : 그 약 마시면 죽어요 안죽어요?

김 씨 : 물론 죽지. 농약보다 더 독한 것이니까.

명 호 : (소스라치게 놀란다) 예?

김 씨 : 아니, 왜그래 설마 너의 아버지가……

명 호 : 아녜요. 전에도 그런 일이 한 번 있었다구요. (명호 후
       다닥 뛰어나간다)

김 씨 : 아니 도대체 그게 무슨 말이야 제초제를 왜 먹어. 물
       이 없어서 그걸 마시냐? 이상하네. 이거 이 친구가 살
       기는 다 틀렸다고 생각해서 혹시, 안되겠군. 일이구 뭐
       구 나도 알아봐야 겠다.

   —김씨 명호를 따라 바쁘게 퇴장—

제 5 막

무대 : 명호네 집, 아버지는 흰천으로 덮어져 있고, 어머니는
　　　슬피울고 있다. 이때 무대가 열리면 명호가 뛰어 들어
　　　온다.

명　호 : (놀라 입을 다물지 못한다) 아, 아버지! (아버지 시
　　　신 앞으로 가서 절규를 한다.) 아버지 안돼요. 제가 돈
　　　을 벌어서 병원으로 모실려고 했는데, 아버지 으흐흐흑,
　　　저도 이젠 돈을 벌어서, 아버지.
　　　(명호 어머니를 붙들어 안고 운다)

어머니 : 명호야, 세상에 이럴 수가.

명　호 : 제 잘못이예요. 제가 없는 사이에, 어머니 으흐흐흑

　　ㅡ이때 김씨 들어온다.ㅡ

김　씨 : 아, 아니 이럴수가. (김씨는 방으로 들어서자 마자 방
　　　안에 펼쳐진 상황에 차마 눈을 못뜬다)

어머니 : 불쌍한 양반, 뭐가 그리 급해서 먼저 가셨어. 명호야,
　　　이젠 우린 어떡하니. 으흐흐.

김　씨 : (머리를 숙인채 명호 아버지 시신 옆에 무릎꿇고 앉
　　　는다.)

명　호 : (어머니 품에서 떨어져 아버지를 쳐다보다가 바닥에
　　　있는 유서를 만진다.)

어머니 : 아버지가 네게 남긴 마지막 유언이다. 어서 읽어보렴.
　　　　여보, 으흐흑 명호랑 세상 어찌 살라구 여보!

명　호 : (어머니의 애절한 울음소리를 들으며 종이를 펼친다.
　　　　장례 찬송 191장이 배경으로 깔리며 아버지의 음성이
　　　　들린다.)

E.P : 명호 보아라. 명호야! 이 못난 애비가 너를 두고 먼저간
다. 남의 집 파출부로 나가며 이날 이때까지 고생을 한 네 애
미와 먹을 것 한 번 제대로 먹이지 못한 너를 두고 가려하니
목이 메어오는구나. 하지만 이 애비는 오히려 이 길이 편하구
나. 괜히 짐만되는 이 애비가 살아 무엇하겠니. 빨리 갔어야 했
는데 그래도 미련이 남아 눈을 못감겠구나. 명호야, 네 애미를
부탁한다. 이 못난 애비를 만나 갖은 고생다하다가 결국 남의
집 종살이나 시킨 이 무능한 애비를 용서해다오. 너와 네 애미
에게 몹쓸짓만 하고 가려하니 눈물이 주체할 수 없이 쏟아지
는구나. 명호야,

명　호 : 아버지, (잠시 종이로 얼굴을 덮고 흐느끼다가 다시
　　　　펼쳐 읽는다.)

E.P : 명호야, 무슨 일이 있어도 비굴하게 살지말고 남자답게
살거라. 이 애비처럼 무능한 사람은 되지 말거라. 그러나 이 애
비는 너를 믿는다. 착하고 공부 잘하는 네가 무척 자랑스러웠
단다. 2년동안 몸져 누워 있으면서 죽을 생각을 수없이 가져
봤지만 너와 네 애미를 버려두고 차마 떠날수가 없었단다. 명
호야, 슬퍼하지 말거라. 그리고 어머니를 위로해 주거라. 세상
에 네 애미처럼 고생한 사람은 아마 드물것이다. 착하고 마음
씨 고운 네 애미를 실망시켜서는 안된다. 너마저 이 애비처럼
몹쓸 사람이 되면 네 어미가 이제것 고생한 보람이 없지않니

명호야, 부디 공부를 포기하지말고 열심히 해서 훌륭한 사람이 되거라. 그래서 우리와 같이 어려운 사람을 외면하지 말고 업신여기지 말아라. 그들을 돕고 그들의 아픔과 걱정거리가 무엇인지 알 수 있도록 노력해라. 힘 닿는데까지 아낌없이 도와주어야 한다. 이 못난 애비는 널 믿는단다. 명호야! 명호야! 이젠 보고싶어도 다시는 볼 수 없겠구나. 이제 가면 다시는 너와 네 애미를 볼 수 없겠지. 보고 싶어도 볼 수 없는 너와 네 애미를 생각하니 귀신이 돼서는 발길을 떼지 못할것 같구나. 명호야! 이 애비의 마지막 부탁이다. 네 불쌍한 애미를 잘 보살펴 드려라. 이 못난 애비는 세상에서 너와 네 애미를 만나서 그래도 행복했단다.
명호야! 명호야 ————

명 호 : 아버지, 안돼요. 가시면 안돼요 아버지, (절규를 한다.) 으흐흐흑, 아버지.

   —음악이 줄어들면서 막이 내린다.—

제 6 막

무대 : 장례식을 마치고 돌아오는 길.

이집사 : 정말 안됐어요. 불쌍한 사람이었는데.

김집사 : 정말, 딱한 일이예요.

목 사 : 집사님들, 이번 일은 우리의 큰 잘못입니다. 다시는 이런 일이 없도록 각별히 신경쓰세요. (안경을 올려 손

　　　수건으로 눈가를 닦는다.)

이집사 : 알고보니 점심 끼니를 굶고 살았다지요.

김집사 : 아니, 그정도예요? 그럴리가.

이집사 : 저도 의심이 나서 알아 봤는데 사실인가 봐요.

김집사 : 하지만 최집사님이 잘 보살피는 줄로 알았는데.

이집사 : 그러게 말예요. 저도 최집사님이라서 설마했는데 그게
　　　　아닌가 봐요.

목　사 : 등잔밑이 어둡다는 옛말이 있지 않습니까. 지나간 얘
　　　　기는 하지 말고 앞 일이나 잘 살펴보세요. 이런 일이
　　　　두번다시 일어나지 않도록 말예요. 그리고 이것 받으세
　　　　요. (주머니에서 봉투를 꺼내준다.)

이집사 : 이게 뭡니까?

목　사 : 얼마되지는 않지만 생활에 보태쓰라고 전해 주세요.

김집사 : 그럼 목사님, 모든 성도들에게 종용을 하시지요.

목　사 : 그럴 것까지 없습니다. 그렇게 되면 더 마음이 아프실
　　　　거예요. 우선 아무도 모르게 도와야 합니다. 더욱이 교
　　　　회에 구제헌금을 따로 마련해 놓고도 이 모양이니 저부
　　　　터 회개를 해야겠습니다. 그럼 저 먼저 가겠습니다.

　　─목사 연거푸 안경을 올려 눈가를 닦으며 퇴장한다.─

이집사 : (잠시 목사 퇴장을 지켜본후 봉투를 본다.) 아니, 이건
　　　　목사님 이번달 사례비 아녜요.

김집사 : 아니, 목사님 사례비라구요.

이집사 : 예 맞아요. 이것 보세요. (봉투를 보여준다.)

김집사 : 정말 그렇네요. 안되겠어요. 저도 집에 가서 애 아빠
하고 상의를 해서 부조금을 만들어야 겠어요. 비록 늦
었지만.

이집사 : 그러자구요. 듣자니까 이번 방세를 올려주는데 돈이 좀
모자라서 다퉜다나봐요. 그래서 명호아버지가 그만….

김집사 : 아니, 그럴리가요. 최집사님이 ?

이집사 : 저도 잘 모르겠어요. 헛소문인지도 모르죠. 하지만 오
늘 장례식에도 보이지 않는 걸 보면….

김집사 : 세상에 뭐가 뭔지 하나도 모르겠어요. 최집사님이 뭐
가 부족해서 방세가지고 그것도 같은교회 성도와 말다
툼을….

이집사 : 그야 모르죠. 사람의 속을 누가 알겠어요. 어서 갑시
다. 목사님 말씀대로 앞으로는 이런 일이 일어나지 않
도록 우리가 주위의 성도들을 세심히 둘러봐야 겠어요.

김집사 : 그래요. 집사님, 지금 최집사님 댁으로 갈려 했는데
그만 둬야겠어요.

이집사 : 아무튼 시간이 좀 흘러 봐야 알겠어요. 어서 갑시다.

김집사 : 네, 그러세요.

　―김집사, 이집사 퇴장―

전막이 내린다.

4. 마도니우스
(청 · 장년用)

■ 나오는이 : 마도니우스, 아리나스, 니프치아, 시몬, 다니엘,
베네푸스, 프네피스, 미카엘, 시저, 나환자,
병정 1, 2, 예수

* 연출지도

　본 극은 연출하는 면에 있어서 상당히 어려운점이 많이 있다. 무대장치며, 분장, 조명, 소품도구등 까다로와서 쉬 상연하기 어렵지만 나름대로 많은 출연진의 모임을 통해서 연습을 하다 보면 그렇게 어렵다는 것을 느끼지 않게 될 것이다. 편의 상 막을 여섯번 내리는데도 무리가 따르지만 가능하면 조명을 끈 상태에서 소품을 옮겨도 연극 공연에는 차질이 없으리라 생각된다. 아마 이 작품을 상연하는 팀들은 연기실력이 기성배우와 버금갈 정도라는 것을 필자는 생각한다. 그만큼 배우들의 수준과 무대장치의 수준이 여느 극과는 상당한 차이가 있기 때문이다. 또한 극의 결말부분은 사람들이 무대 밖에서 소리를 지르게하고 역시 스치로폴로 된 돌로 마도나우스를 향해 던지게 해야한다. 가능하면 진짜돌도 몇개 쯤 섞어 다치지 않을 만큼 충분한 연습을 해서 실행하면 실감이 날 것이다. 모쪼록 이 대본이 극으로 상영되기를 바란다. (주 : 케사르—제1로마 시민 동 : 시저 황제의 칭호)

제 1 막

무대 : 베네푸스의 집무실. 각종 호화로운 금장식과 귀금속이 즐비하다. 무대중앙에 탁자 있고 의자 두개가 놓여있다. 그중 왼쪽에 베네푸스 앉아서 초상화를 뒤적거리고 있다.

베네푸스 : 음! (초상화중 하나를 뚫어지게 보다가 탁자위에 툭 내려놓는다.) 마도니우스? 요한 마도니우스라? 그러면 호민관 아리나스의 아들이 바로,

―이때 문 두드리는 소리―

베네푸스 : 누구냐!

프네피스 : 마도니우스나리가 오셨습니다.

베네푸스 : 오호, 그래(일어나서 문가로 가며 들어오는 마도니우스를 맞는다.) 마도니우스, 정말 반갑소. 내 그대의 명성을 듣고 꼭 한 번 만나 보고 싶었소.

마도니우스 : (서서 주위를 둘러본다.) ……

베네푸스 : 뭘 그렇게 서성이시오. 자 이리로 앉으시오.

―마도니우스와 베네푸스가 자리에 앉는다.)

마도니우스 : (탁자에 펼쳐진 초상화 들을 보며) 그런데 이 초상화들은 무엇이오?

베네푸스 : 별거 아니오. 참 내가 추측한게 맞는지 모르겠는데 혹시 마도니우스 아버님이 아리나스 호민관 아니시오?

마도니우스 : 그렇소, 제 아버지시오.

베네푸스 : 아, 그래요. 난 로마에 온지 얼마 안돼서 호민관의 가족들에 대해서 잘 모르고 있소. 호민관 아리나스는 정말 지혜로운 분이지요. 참, 저번에 있었던 페니키아의 도적들과 상대를 해서 큰 공을 세웠다는 얘기를 들었는데 어디 그 얘기나 좀 들려주시오. 아니, 이렇게 아니라 우리 술이나 하면서 얘기합시다. 내가 로마로 오기전에 이집트에서 가져온 술이 있소. 기가 막힌 술이오. (베네푸스, 술병과 술잔을 들고 온다.) 자, 한 잔하시요.(술을 부어준다.) 카, 기가 막히지 않소? 술 빛깔이 마치 요염한 처녀 입술을 닮아 그런지 더욱 맛이 그만이오.

마도니우스 : (술을 마시고 잔을 탁자위에 내려 놓는다.)

베네푸스 : 한잔 더하시오. 그리고 우리 친구 합시다. 나도 내 아버지가 호민관, 마도니우스 아버지도 호민관, 우린 로마신이 맺어준 친구인것 같소. 안 그렇소? 그리고 말도 놓고 말이야 하하.

마도니우스 : (무뚝뚝하게 말없이 술만 마신다.)

베네푸스 : 자, 들으라구 세상은 이제 우리 손아귀에 있는거나 다름없으니까 말이야. (계속 술잔을 주고 받는다.)
참, 마도니우스, 내가 자네에게 줄 선물이 있네. (일어서서 금목걸이를 들고 온다) 이것은 이집트 상인을 약탈해서 얻은 것이지 자네와 나와의 우정을 위해서 이것을

주고 싶네.

마도니우스 : (목걸이를 받아보며) 이건 너무 과분한 것 같은
데.

베네푸스 : 아니야, 이걸 꼭 자네같은 용맹한 사람에게 주고 싶
단 말이야. 나도 사내중에 사내지만 자네같은 인물은
일찌기 본적이 드물어. 내 정표니 사양하지 않겠지 마
도니우스. 그리고 시간 있으면 나와 함께 이집트를 한
번 가보지 않겠나. 그곳에서 노예사냥을 하는 재미를
느껴보자는 것이야. 맹수와 같은 흑인 노예들을 사냥하
는 것은 사자를 잡는 것보다 더 흥미롭다구. 으 와하하
하. 저번 노예사냥을 나갔을 때는 내 손으로 무려 25명
을 노획했지. 난 큰 돈을 버는 것 이상으로 노예 사냥
에 거의 미쳤다고 할 수 있지. 그 공포에 질려 바르르
떠는 모습하며 눈물을 흘리는 모습은 어느 동물에게서
도 찾아볼 수 없는 것이 잖아. 하하하.

마도니우스 : 그럼 이 초상화가 모두……

베네푸스 : 그렇네. 이것이 내가 이제까지 잡은 노예들이야. 그
중엔 여자들도 꽤 되지. 여자들은 얼굴과 유방이 예쁠
수록 값이 더 나가지. 이집트에서 하루를 내려가면 노
예들이 바글바글 하다니까. 그들도 물론 칼과 창을 들
고 저항을 하지만 나한테는 어림도 없단 말씀이야. 싸
워서 이기는 자가 승리의 잔을 드는것 아닌가?

마도니우스 : 글쎄 난 잘 모르겠네. 요즘 노예 상인이 부쩍 늘
었다는 얘기는 들었지만 난 관심이 없네.

베네푸스 : 아니 그게 무슨 말인가. 자네같은 훌륭한 무사가 노

예사냥에 관심이 없다니 말일세.

마도니우스 : 그건 비인륜적인 만행일세. 난 사람의 생명을 존중한단 말일세.

베네푸스 : 와 하하하 자네 같은 사람이 사람의 생명을 존중한다구? 으와하하. 여보게 마도니우스! 우린 로마시민일세. 세상은 우리가 주인이란 말이야. 어떻게 자네같은 총명한 무사가 그런 계집애 같은 말을 입에 담는가. 노예사냥은 돈벌이가 아니란 말일세. 그것은 전쟁일세. 전쟁, 앞으로 우리 대 로마제국이 세계를 정복하기 위하여 우리같은 젊은이가 수련을 쌓는 도장이란 말이라구.

마도니우스 : 수련을 빌미로 생명을 살상하는 짓은 신을 모독하는 짓이네.

베네푸스 : 아니, 그건 또 무슨 해괴한 소린가? 신을 모독하다니? 우리 신은 오직 "페푸로스" 로마신 뿐일세. 그분은 전쟁과 살인의 신이 아닌가. "페푸로스"의 전기를 이어받은 우리가 세계를 정복해야 할 사명이 있는거란 말일세. 그 "페푸로스"는 영원한 승리자란 말일세.

마도니우스 : 페푸로스……

베네푸스 : 왜? 자네는 "페푸로스"를 섬기지 않는가? 우리 대로마제국이 섬기는 "페푸로스"를 말일세.

마도니우스 : 난 창조주 하나님을 믿는다네.

베네푸스 : 뭣이라구? 창조주 하나님? 그렇담 자넨 유대인?

마도니우스 : 그렇디네. 그분의 이름과 그분이 말씀을 믿을 뿐

이네.

베네푸스 : 아니, 자네가 창조주를 믿다니 도대체 믿어지지가 않는군. 우리 대로마제국을 반역하는 그 신을 말일세. 마도니우스, 내가 아끼는 한 사람으로서 충고하는데 당장 그 신을 버리게. 시저가 유대인들을 처형하기 위해 원형 경기장을 준비하고 있다네.

마도니우스 : 아니 어째서 유대인들을 처형한단 말인가.

베네푸스 : 시저를 반역하기 때문이지. 그 유대인들이 말이야.

마도니우스 : 유대인들은 시저를 반역하지 않는다네. 다만 그들의 신을 섬길 뿐일세.

베네푸스 : 그것이 곧 시저를 반역하는 것일세. 시저는 "페푸로스"외엔 섬기지 않는단 말일세. 어찌 한 제국에서 두 신을 섬길 수 있단 말인가. 조금 있으면 검둥이 노예가 바닥이 날걸세. 그 때가 되면 우리의 계획이 어떤지 아는가 ?

마도니우스 : 계획이라니 ?

베네푸스 : 바로 다음 노예 표적으로 유대인들을 세웠다네. 그들은 몸매도 괜찮고 얼굴도 검둥이들 보다는 낮지. 아라비아에 내다 팔면 검둥이들의 두세배는 받을 걸세. 특히 여자들은 더할테구.

마도니우스 : 뭐라구 ?

베테푸스 : 그러니 당장 자네가 믿는신을 버리게.

　　—이때 베네푸스의 아버지 미카엘 등장—

미카엘 : 오, 베네푸스. 그동안 잘 있었느냐. (베네푸스와 포옹)
　　　　마도니우스도 와 있었구먼.

　ー마도니우스 미카엘과도 포옹한다.ー

베네푸스 : 아버님 그간 몸 편히 잘 계셨습니까?

미카엘 : 그럼, 내가 불편한게 뭐 있었겠느냐. 모두가 시저와
　　　　"페푸로스" 덕분이지.

베네푸스 : 어머니도 잘 계시구요?

미카엘 : 그렇다. 어머니는 지금 페니키아에 가 있다. 네 외삼
　　　　촌의 생일이라 며칠 더 묶고 오겠다는구나. 그런데 마
　　　　도니우스는 웬일로 왔는가? 나 한테 볼 일은 없을 테
　　　　고 말이야.

베네푸스 : 아닙니다. 제가 만나자고 했습니다. 그의 용맹이 온
　　　　누리에 가득해서 말입니다.

마카엘 : 마도니우스의 용맹을 말이냐?

베네푸스 : 예, 아버님.

미카엘 : 마도니우스의 명성은 로마가 떠들썩할 정도지. 암 그
　　　　렇구 말구.

마도니우스 : 칭찬이 지나치십니다. 전 바빠서 이만 가보겠습니
　　　　다. 잘있게 베네푸스. 나중에 또 보세.

미카엘 : 아니, 벌써 가려구. 이거 나 때문에 괜히 방해가 된게
　　　　아니지 모르겠네.

베네푸스 : 왜 벌써 가려구. 좀더 놀다가지 않구 말일세.

마도니우스 : 아닐세, 집에가서 할 일이 있네.

베네푸스 : 그럼 붙잡지 않겠네. 다음에 꼭 만나세.

　—마도니우스 퇴장—

미카엘 : 베네푸스? 노예사냥은 잘 됐느냐?

베네푸스 : 예, 아버님. 이번에는 23명을 잡았습니다. 같이 갔던 호민관의 아들들 보다 제일 성과가 좋았죠. 참, 아버님 '니프치아'라는 유대여인을 알고 있습니까?

미카엘 : 니푸치아?

베네푸스 : 네, 성문 어귀에서 보았는데 미모가 하도 훌륭해서 한번 만나 보려구요.

미카엘 : 가만가만 어디서 들어 봤는데 '니프치아' '니프치아' 아, 그래 그 유대 상인 시몬의 딸, 맞다. 그녀는 시몬의 딸이야. 어머니는 로마인이지. 혈육이 그래서 그렇지 로마에도 그만한 처녀 찾아보기는 힘들걸. 베네푸스 네 나이가 올해로 어떻게 되지?

베네푸스 : 제나이 올해로 스물입니다. 아버님 그것도 모르고 계셨어요?

미카엘 : 아, 아 깜빡했다. 요즘은 유대교도들 때문에 하도 정신이 없어놔서 말이야. 유대인들이 저들의 왕을 데리구 다니면서 음모를 꾸미고 있단 말이야. 그것 때문에 골치를 무척 썩는다.

베네푸스 : 왕이라구요?

미카엘 : 그렇단다. 지금 그리스도라는 사람을 데리구 다니면서
　　　　 말이야.

베네푸스 : 그럼 그들 모두 기독도란 말입니까?

미카엘 : 그런 셈이지. 참 얘기가 엉뚱한 데로 흘렀구나. 베네
　　　　 푸스 네가 본 그처녀는 기독교도의 딸이란다.

베네푸스 : 기독교도요?

미카엘 : 그렇지. 그리구 금방 다녀간 마도니우스와 정혼한 사
　　　　 이라서 너와는 안돼.

베네푸스 : 마도니우스와 정혼을요?

미카엘 : 응, 더이상 생각하지 말거라. 지금 시저황제가 아주
　　　　 난리야. 기독교도들을 그들의 왕과 함께 지구상에서 쓸
　　　　 어 버린다구 말이야. 지금 그 시저가 우릴 찾고 있다.
　　　　 아마도 기독교도들 때문일꺼다. 베네푸스, 넌 내 사랑하
　　　　 는 아들이야, 넌 날 도와줄 것을 믿는다. 그렇지 않니
　　　　 베네푸스?

베네푸스 : 죽기를 각오하고 아버님과 로마의 신 “페푸로스”의
　　　　 이름을 더럽히지 않겠습니다.

미카엘 : 자 그럼, 시저에게로 가보자. 시저도 널 보면 무척 반
　　　　 가워 하실게다. 어서.

베네푸스 : 예———

　　 —미카엘 베네푸스 퇴장—

제 2 막

무대 : 시몬의 뜰, 마도니우스와 니프치아가 사랑을 나누고
    있다.

니프치아 : 마도니우스 (쳐다보며) 보고 싶었어요. 어디를 다녀
    오셨길래 그간 소식도 없었어요.

마도니우스 : 응, 페니키아의 도적 떼들을 물리치느라 페니키아
    로 원정을 갔었소.

니프치아 : 그럼, 귀뜸이라도 해주고 가시지 그냥 가시는게 어
    디 있어요.

마도니우스 : 당신을 찾느라 수소문을 했지만 찾을 길이 없었
    소. 당신이 어디론가 여행을 떠났다는 얘기만 듣게 되
    었소.

니프치아 : 다시는 그러지 말아요. 네 ?

마도니우스 : 그런 일은 없을 것이오. 자 이것 받으시오. 이것
    은 페니키아에서 당신 줄려고 사온 반지요. 그리고 이
    것은 호민관 미카엘의 아들 베네푸스가 준 목걸이요.

니프치아 : 아이, 정말 아름답네요. 반지는 받겠는데 목걸이는
    사양하겠어요.

마도니우스 : 아니, 왜 그러시오. 목걸이는 내게 필요없소. 당신
    에게나 어울리는 거란 말이오.

니프치아 : 그래도 싫어요 마도니우스. 그걸 도로 집어 넣으세
요.

마도니우스 : 난 왜그런지 모르겠구료.

니프치아 : 괜찮아요. 반지 하나만으로도 족해요. 당신의 따뜻
한 마음과는 비교할 수 없지만(살며시 머리를 마도니우
스 어깨에 기대며) 전 참 행복해요.

마도니우스 : 나도 행복하오 니프치아,

니프치아 : 미카엘의 아들 베네푸스는 언제 만난거여요?

마도니우스 : 오늘 만나고 오는 길이요.

니프치아 : 오늘 요?

마도니우스 : 그렇소. 그런데 왜그러시오?

니프치아 : 아니예요. 그냥…

마도니우스 : 참으로 대단한 사람이더군.

니프치아 : 베네푸스 말예요?

마도니우스 : 그렇소, 이집트로 노예사냥을 다녀왔다더군. 흑인
노예를 23명이나 잡았다고 자랑이 이만저만이 아니더
군.

니프치아 : 아니, 그 사람이 왜 당신을 만나자고 했을까요?

마도니우스 : 자랑을 늘어놓려고 그랬던 모양이지.

니프치아 : 별다른 얘기는 없구요.

마도니우스 : 아니, 노예 얘기만 늘어놓았소. 앞으로는 기독교
　　도들을 잡아다 팔겠다더군. 나보고 내가 믿는 신을 버
　　리라는거야. 난 아직도 뭐가 뭔지 모르는데 말이오.

니프치아 : 마도니우스. 지금 예루살렘에는 그리스도가 오셨다
　　고 떠들썩하대요. 그분은 눈먼자를 고치시고 귀머거리,
　　벙어리, 앉은뱅이 등 죽은 사람까지 살리시는 이적을
　　보이신대요. 며칠 안으로 그분을 만나러 가야겠어요. 당
　　신이 찾던 날도 그분을 만나러 갔었지만 만나보지도 못
　　하고 그냥 왔어요.

마도니우스 : 니프치아.

니프치아 : 네,

마도니우스 : 시저가 곧 유대인들을 잡는다고 하더군.

니프치아 : 우리를 요?

마도니우스 : 그렇소. 베네푸스가 그랬소.

니프치아 : 마도니우스, 그래도 우리는 창조주 하나님을 버리지
　　않아요. 그리고 이땅에 오신 구주예수그리스도를 끝까
　　지 따를 거예요. 마도니우스, 당신도 베네프스에게 굴복
　　하지 말아요. 네?

마도니우스 : 굴복하지 않소. 그렇다고 대항하지도 않고 말이
　　오.

니프치아 : 마도니우스, 조금전 당신이 오시기전에 저의 집으로
　　베네푸스의 몸종이 다녀갔어요.

마도니우스 : 뭐라구. 베네푸스 몸종이?

니프치아 : 예, 희귀한 보물들을 잔뜩가지고 말예요. 그것이 모
　　　　두 이집트에서 사온 것이라고 했지만 약탈한게 분명해
　　　　요. 그렇지 않다하더라도 사람을 팔고 산 보물들은 아
　　　　무리 많이 가져와도 전 받을 수가 없어요.

마도니우스 : 아니, 니프치아. 그자가 어째서 당신에게 그따위
　　　　보석들을 가지고 왔단 말이요.

니프치아 : 모르겠어요. 뭘 어쩌려구 했는지. 다만, 베네푸스 주
　　　　인의 성의라면서 받으라고 하기에 극구 사양을 했어요.

마도니우스 : (베네푸스에게서 받은 목걸이를 뚫어지게 쳐다
　　　　본다.) 그럼, 베네푸스가 당신을 흠모하는 모양이군.

니프치아 : 마도니우스, 전 당신밖에 없어요. 나의 사랑 마도니
　　　　우스(니프치아 마도니우스 품에 얼굴을 파묻는다.)

마도니우스 : 무슨 일이 있어도 당신을 지켜줄 것이오. 베네푸
　　　　스가 무슨 음행한 짓을 꾸며도 나한테는 대적이 못되
　　　　오. 내사랑 나의 생명 니프치아!

　　　　ー조명 아웃ー

제 3 막

무대 : 시저의 궁. 시저와, 미카엘, 아리나스, 베네푸스가 모여
　　　얘기를 하고 있다. 주제는 유대인의 선동에 관해서

시　저 : (권좌에서) 베네푸스, 이집트에 갔던 일은 즐거웠는
　　　　가?

베네푸스 : 네, 폐하. 우리 대로마제국의 위용을 유감없이 발휘
하고 왔습니다.

미카엘 : 베네푸스가 흑인 노예를 23명이나 노획했다고 합니
다.

시 저 : 오호, 그래. 우리 호민관의 자제중에 이만한 사람이
또 있을꼬? 다음은 이집트를 다녀올 때 유대를 둘러보
고 오게.

베네푸스 : 유대를 요?

시 저 : 지금 유대땅이 아주 형편없이 무너지고 있다네. 우리
대로마제국이 번성하기 시작한 때가 언제라고 벌써부터
설쳐대는지 모르겠군. 뚝이 무너지는건 작은 물구멍 때
문에 그런 것이야. 그 손가락보다 작은 흠 때문에 모든
것이 파괴되는 것이라구.

베네푸스 : 알겠습니다.

미카엘 : 폐하, 유대인들의 소요를 너무 염려하지 마십시요. 그
손바닥 만한 땅덩어리에서 민란을 일으켜 봤자 우리에
겐 작은 소음으로 밖엔 안되니까요.

시 저 : 그래도 우리 대로마제국에 정면으로 도전하는 자는
용서할 수 없소. 빌라도 총독에게 엄중히 명하시오. 민
란이나 소요를 일으키는 자는 가차없이 처형하도록, 또
한 그 유대인의 왕이란 자 역시 마찬가지요.

아리니스 : 폐하, 너무 걱정하실 것 없습니다. 저들은 자신의
종교를 가지고 다툴 뿐입니다. 역모를 꾸밀 사람들이
못됩니다.

시 저 : 종교를 가지고?

아리나스 : 그러하옵니다. 그들의 신인 여호와 하나님의 아들
　　　　메시야가 이 땅에 왔다는 이유로 서로들 다투고 있습니
　　　　다.

시 저 : 신의 아들이 이땅에 왔단 말이요? 그것도 대로마제
　　　　국의 황제 허락도 없이.

미카엘 : 그건 순전히 음모일 뿐입니다. 폐하께서는 손바닥 만
　　　　한 유대땅을 신경쓰지 마십시요.

시 저 : 가만, 가만. 그러고 보니 아리나스가 양자로 삼은 마
　　　　도니우스도 유대인의 아들이 아니었소?

아리나스 : 그렇습니다. 노예로 팔려온 사람이지요. 제가 15년
　　　　동안 데리고 있다가 이태전에 양자로 입양을 시켰습니
　　　　다.

시 저 : 그자도 여호와를 믿는 거요?

아리다스 : 마도니우스는 그렇지 않습니다. 오직 로마제국과 황
　　　　제폐하께만 충성을 다짐했을 뿐입니다.

시 저 : 그래야지. 이 로마 땅에서 로마의 법을 따르지 않으면
　　　　안되지. 그럼, 로마로 팔려온 유대의 노예가 꽤 되는 모
　　　　양이구료?

미카엘 : 그렇습니다. 거의 천명 가까이 됩니다.

시 저 : 그렇게나 많소? 그것도 굉장한 수구려.

미카엘 : 수만 많았지 역모나 반역을 꾀할 처지는 못되옵니다.

황제폐하께서 심기가 불편하셔서 그런 것이지 유순한 종들이 옵니다.

시　저 : 아리나스?

아리나스 : 예, 폐하.

시　저 : 내가 말하지만 마도니우스를 잘 챙기시오. 그도 유대인의 피가 흐르고 있소.

아리나스 : 알겠습니다. 폐하.

시　저 : 내일은 우리 안토니우스 네로가 16번째 맞는 생일이오. 안토니우스가 흡족해 하도록 준비를 철저히 해 주시오.

미카엘 : 알고 있습니다. 모든 책임은 베네푸스가 지고 차질이 없도록 준비할 것입니다.

시　저 : 베네푸스가 말이요?

미카엘 : 그러하옵니다.

시　저 : 아무튼 오랫동안 병석에 누워있던 애가 이제 건강을 회복했으니 잘 좀 돌봐 주시오. 앞으로 대로마제국을 이끌어갈 영도자로 생각하시고 힘껏 준비하시오. 그리고 오늘 저녁은 원로원들과 함께 하기로 했으니 아리나스와 미카엘도 참석을 해 주시오.

미카엘, 아리나스 : 예, 폐하.

시　저 : 난 이만 들어가 보겠소.

　―시저 퇴장―

미카엘 : 아리나스, 마도니우스가 아까 우리집에 왔었소. 아주
　　　　건장하게 컸습디다.

아리나스 : 믿음직스럽죠. 이제 우리 줄리어스 가문을 이끌어
　　　　갈 사람이 아닙니까.

미카엘 : 그렇던가요. 허허허.

아리나스 : 미카엘, 저도 세리나스를 만나러 가봐야 겠군요. 어
　　　　디 안가십니까?

미카엘 : 아니, 조금있다가 나가 봐야지요.

아리나스 : 그럼 나 먼저 갑니다. 베네푸스 안토니우스 저하의
　　　　생신준비를 잘 좀 부탁하네.

베네푸스 : 네, 걱정하지 마십시오

아리나스 : 그럼 이만,———

　　　－아리나스 퇴장－

베네푸스 : (아리나스가 퇴장하는 것을 보고) 저, 아버님!

미카엘 : 왜그러냐 베네푸스?

베네푸스 : 정말 마도니우스가 유대인의 피를 갖도 있는 유대
　　　　인입니까?

미카엘 : 아까 들었지 않느냐. 보통 총기가 있는 사람이 아니
　　　　야.

베네푸스 : 그럼 니프치아도 유대인인 모양이죠?

미카엘 : 니프치아의 어머니가 금방 아리나스가 만나러 간다는

세리나스의 딸이지.

베네푸스 : 그렇군요.

미카엘 : 그런데 왜 그러느냐?

베네푸스 : 아, 아닙니다. 잠깐 생각할게 있어서.

미카엘 : 그럼 안토니우스 저하 생일준비를 부탁한다. 애비는
집으로 곧장 들어 갈테니.

베네푸스 : 그렇게 하십시오.

　－미카엘 퇴장－

베네푸스 : (무대를 몇바퀴 돌다가 생각에 잠긴다. 그러다가 밖
을 향해 그의 몸종 프네피스를 부른다.)
프네피스! 프네피스!

프네피스 : 예, 여기 있습니다. 주인님.

베네푸스 : 아까, 다녀온 일은 어떻게 됐느냐?

프네피스 : 그게 말입니다.(머리를 긁적거리며) 그 여인이 받을
수 없다고 극구 사양하기에.

베네푸스 : 그럼, 그냥 돌아왔단 말이냐?

프네피스 : 예.

베네푸스 : 이런 멍청한 놈, 그걸 도로 가져오면 어떡하느냐!
내일 당장 다시 갖다 오너라.

프네피스 : (안절 부절하며) 아, 알겠습니다. 주인님.

베네푸스 : 그건 그렇고 지금부터 내가 하는 말 잘들어라. 한치의 실수도 있으면 안돼, 그럼 모든게 끝장이야. 이리와봐.

—베네푸스 모퉁이로 프네피스를 끌고가 귀에 말을 준다.—

프네피스 : 아니, 주인님(아주 질겁을 한다.) 설마!

베네푸스 : 걱정할것 없다. 내가 시키는 대로만 하면돼. 오늘밤안으로 준비하도록 해라. 뒷 일은 모두 내게 맡기고.

프네피스 : 아, 알겠습니다. 주인님.

베네푸스 : 우리 "페푸로스"신은 유대신을 경멸하리라. 유대인의 피를 물려받은 사람까지 말이다. 어서 가라.

프네피스 : 예, 주인님.

—프네피스 퇴장—

베네푸스 : (독백) 아리나스, 당신은 당신의 더러운 자식을 통해서 하루 아침에 가문이 멸망할 것이오. 더러운 유대인의 피를 감히 로마시민의 피와 섞으려 하다니.

—조명 out 막—

제 4 막

—아리나스와 마도니우스의 대화. 장소 : 아리나스 집 근처 길가—

아리나스 : 마도니우스.

마도니우스 : 예, 아버님.

아리나스 : 항간에 떠도는 얘기를 난 믿지 않는다.

마도니우스 : 갑자기 그게 무슨 말씀입니까?

아리나스 : 네가 유대교의 신을 믿는다는게 그게 사실이냐?
그렇지 않지? 물론 네 입에서는 그렇지 않다라는 말이
나올줄 알지만 하도 들리는 소문이 사실 같기에 하는
말이니라.

마도니우스 : (잠시 머뭇거리며) 아버님은 절 양자로 삼으셨습
니다. 저같은 몸종이 로마시민이 된다는 것은 당치않은
일입니다. 그것은 줄리어스 가문에 먹칠을 하는 것과
같죠. 그럼에도 아버님은 절 입양 시키셨습니다. 전, 그
런 아버님의 은혜를 저버리는 행동은 할 수 없습니다.

아리나스 : 그럴테지, 우리 마도니우스는 줄리어스 가문을 이끌
어갈 후예인데 누가 그런 몰상식한 말들을 하고 다니는
지 모르겠구나.

마도니우스 : 하지만, 아버님. 제 처될 사람 니프치아가 유대교
를 믿습니다.

아리나스 : 유대교?

마도니우스 : 예, 창조주 하나님을 섬기고 있습니다. 저의 은인
이시기에 제가 맘놓고 말씀드리는 것입니다. 저도 그일
로 고민을 하고 있습니다. 그러나 로마 신인 "페푸로
스"는 섬기지 않습니다.

아리나스 : 뭐, 뭐라구 ? 네가 정말 "페푸로스"를 섬기지 않는
　　　　　다 하였느냐 !

마도니우스 : 네, 아버님. 아버님께서 제게 진실을 보여 주셨기
　　　　　에 거짓을 말하지 않습니다.

아리나스 : 뭐야, 이런 당돌한 녀석 같으니라구. 아니, 뭣때문에
　　　　　섬기지 않는다는 거야.

마도니우스 : "페푸로스"는 우상입니다. 전 로마로 끌려오기 전
　　　　　까지 하나님을 섬긴 사람입니다. 하나님의 은혜로 이렇
　　　　　게 호문관의 양자까지된 것으로 믿습니다. 아버님, 어려
　　　　　운 줄은 알지만 아버님께서도 "페푸로스"를 버리십시
　　　　　오. "페푸로스"는 참신이 아닙니다.

아리나스 : 뭐라구 !　아니, 네가 지금 제정신으로 하는 얘기
　　　　　냐 !　도대체 이럴 수가. 마도니우스, 정신차리거라. 여
　　　　　긴 유대땅이 아니구, 로마야 로마 !　로마에서 법으로
　　　　　금지시킨 유대신을 믿어서는 안되느니라. 그건 곧 죽음
　　　　　과 파멸을 의미 할 뿐이라구.

마도니우스 : (무릎 꿇고) 아버님, 전 아버님을 사랑하며 존경
　　　　　합니다. 아버님을 위해서 목숨을 바칠 각오가 되어 있
　　　　　습니다. 그러기에 아버님을 구원하고 싶습니다. "페푸로
　　　　　스"는 살인마입니다. 아버님의 고귀한 영혼을 병들게
　　　　　할 악신이구요. 아버님, 부디 소인의 말씀을 귀담아 들
　　　　　어주십시요. 아버님 !

아리나스 : 이런……, 그 유대신을 믿으면 모두가 푹 빠진다더
　　　　　니, 정말 널보고 알겠구나. 마도니우스, 어쩌자고 이러
　　　　　느냐, 시저가 알면 우리 가문은 끝장인걸 모르고 그러

느냐?

마도니우스 : 아버님, 용서하여 주소서. 그러나 시저보다도 전 아버님을 위해 삽니다. 아버님!

아리나스 : 여러소리 할거 없다. 이제 보니 내가 꼼짝없이 네놈 농간에 속았구나. 아, 이럴수가 너 하나만은 철썩같이 믿었는데 그리고 너와 정혼한 니프치아도 유대신을 섬긴다면 이건 파혼이야. 난, 내 가문 앞에 한 번도 부끄러운 일을 하지 않았느니라. 그건 내 아버님의 유언이 었어.

마도니우스 : 아버님, 죽기를 맹세하고 아버님만을 위해 살겠습니다.

아리나스 : 그따위가 무슨 소용있느냐. 난 이제 끝장이야. 아니 이럴수가, 우리 가문이 이렇게 끝날 수가 있다니,

— 아리나스, 먼하늘을 올려다 보다가 퇴장 —

— 마도니우스 아리나스가 퇴장하자 한참 고개를 수그린채 울고 있다. 이때, 니프치아가 들어온다. —

니프치아 : 오, 마도니우스. 왜이러세요. 왜 길거리에 엎드려서 울고있나요. 마도니우스.(마도니우스를 일으켜 세운다.)

마도니우스 : 니프치아, 아버님께 모든 것을 말씀 드렸소.

니프치아 : 네? 아버님께요?

마도니우스 : 그렇소. 내가 "페푸로스"를 섬기지 않는다하니 몹시 노여워하며 가셨소. 아버님의 절망한 모습을 보니 가슴이 찢어질 것 같구료. 니프치아.

니프치아 : 마도니우스, 너무 괴로워 마세요. 당신을 사랑해요.
　　　　마도니우스.

마도니우스 : 이젠 어찌해야 할지 모르겠구려, 당신과의 정혼도
　　　　파혼이라구 말씀하시더군. 내가 믿는 창조주 하나님은
　　　　날 여러 죽음에서 구원하셨는데 이번만은 도우시지 못
　　　　하는 모양이오.

니프치아 : 그렇치 않아요. 마도니우스. 하나님은 당신의 괴로
　　　　움을 함께 괴로워하시며 도우실 계획을 준비하고 계셔
　　　　요. 용기를 내요, 마도니우스. 우린 이보다 더 큰 고통을
　　　　이겨내야 해요. 여긴 유대땅이 아니고 시저의 땅 로마
　　　　예요. 마도니우스.

마도니우스 : 나도 모르겠소. 이런 일이 있을 줄 알았지만 막상
　　　　당하고 보니 막막하기만 하오.

　　─이때 마도니우스 몸종 다니엘 등장─

다니엘 : 주인님! 주인님, 큰일났습니다.

니프치아 : 아니, 왜그래요. 다니엘.

다니엘 : 큰일났습니다. 아가씨, 지금 온 나라가 발칵 뒤집혔습
　　　　니다요.

마도니우스 : 아니, 그건 또 무슨 소리냐.

다니엘 : 글쎄, 유대에서 끌려온 노예들이 시저를 향해 음모를
　　　　꾸민다며 죄다 잡혀가고 있습니다.

니프치아 : 뭐라구 ?

마도니우스 : 그렇게 성급히 굴지말고 어서 차근차근 말해 보
　　　거라.

다니엘 : 내일이 안토니우스 네로 저하의 생일이 아닙니까?

마도니우스 : 그런데, 그것이 어찌됐다는 거냐.

다니엘 : 그런데 시저궁에서 수종드는 유대 노예들이 음식에
　　　독약을 넣었다는군요.

니푸치아 : 독약을?

다니엘 : 예, 지금 연로원에서 저녁을 먹는 중에 퍼진 애기옵니
　　　다. 그런데 안토니우스 저하가 독약이 든 음식을 먹고
　　　지금 다 죽어가게 생겼다고 아주 야단도 아닙니다.

마도니우스 : 뭐라구?

다니엘 : 궁안에 있는 유대인들은 모르는 일이라고 발뺌을 해
　　　서 전국에 있는 유대 노예를 궁안으로 끌고가고 있습니
　　　다.

니프치아 : 아니, 세상에 이럴 수가.

다니엘 : 지금, 아리나스 주인님도 집정관이 와서 모셔갔습니
　　　다. 아무래도 심상치 않은 일이 벌어질 모양입니다.

마도니우스 : 그게 무슨 소리야!

다니엘 : 전에부터 미카엘 호민관이 아리나스 주인님을 제거하
　　　기 위해 갖가지 수단과 방법을 썼지만 총명하신 주인님
　　　은 잘 견디셨지요. 그런데 이번은 반란사건의 주동자로
　　　몰리신것 같사옵니다.

니프치아 : 아니, 왜 ?

다니엘 : 그야, 마, 마도니우스 주인님을 양자로 입양시켰다는
　　　　이유지요. 그 일로 호민관 미카엘과 원로원 사이에서
　　　　질시와 따돌림을 받고 있었습니다.

마도니우스 : 뭐야, 아버님께서 !

다니엘 : 예, 주인님.

마도니우스 : 니프치아, 우선 몸을 숨기시오. 내가 시정궁으로
　　　　가서 알아봐야 겠소.

니프치아 : 아니 마도니우스, 거긴 위험해요. 사자 굴속으로 들
　　　　어가서 뭘 어쩌시려구요.

마도니우스 : 아니오. 아버님은 구해야 하오. 괜히 나 때문에
　　　　봉변을 당해서는 안되오. 다니엘 !

다니엘 : 예, 주인님.

마도니우스 : 니프치아를 모시고 잠시 내가 돌아올때까지 숨어
　　　　있거라.

니프치아 : 아니, 죄없이 왜 숨어요. 마도니우스.

마도니우스 : 지금은 죄 따위를 운운할 때가 아니란 말이요. 어
　　　　서 가시오. 이곳으로도 군병들이 몰려올테니까.

니프치아 : 아녜요. 저도 같이 가겠어요. 마도니우스 당신이 가
　　　　는 곳이라면 죽는 곳까지 따라 갈테여요. 마도니우스.

마도니우스 : 다니엘 ! 밎히고 멀거니 구경만 히느냐, 어서 모
　　　　시고 가라니까.

다니엘 : 예 주인님, 아가씨 어서 가시지요.

니프치아 : 안돼요. 마도니우스, 저도 데려가 주세요.

마도니우스 : 다니엘 ! 어서.

　－마도니우스 퇴장－

제 5 막 1 장

　－시저의 궁.－

시　저 : 도대체 뭣들을 하고 있었기에 이모양이냐 ! (부르르
　　　　몸을 떤다.) 괘씸한 유대노예들, 내가 한 놈도 남기지
　　　　않고 씨를 말리리라. 호민관 아리나스는 아직 도착하지
　　　　않았느냐.

미카엘 : 그렸습니다. 폐하 !

시　저 : 이런 발칙한 늙은이, 내가 그토록 귀여워해 줬건만 나
　　　　를 배신해 !

미카엘 : 그건 시저폐하께서 너무 아리나스를 감싸주시길래 후
　　　　질시한다고 하실까봐서.

시　저 : 이런, 그나저나 안토니우스가 살아야 할텐데. (안절부
　　　　절 못한다.)

베네푸스 : 폐하, 이건 분명 호민관 아리나스가 그의 양자로 입
　　　　양시킨 마도니우스를 데리고 폐하의 자리를 찬탈하려고
　　　　꾸민 것이 분명하옵니다.

시 저 : 세상에 그럴 수가,

베네푸스 : 그러나, 제가 폐하곁에서 폐하를 마도니우스 손아귀
에서 지켜드리겠습니다. 그는 사악한 유대인의 피가 흐
르고 있는 사람입니다. 유대인들은 믿어서는 안됩니다.
또한 유대인을 양자로 입양시킨 아리나스도 마찬가지
입니다.

시 저 : 도대체 무슨 일인지 감을 잡을 수가 없구나. 내일이
우리 안토니우스의 생일인데 어떻게 이런 일이 일어날
수 있더란 말이냐. 베네푸스, 자네는 무엇을 하고 있었
느냐. 어째서 유대노예들이 그런 일을 꾸미는 것을 눈
뜨고 보고 있었느냐 !

미카엘 : 아니옵니다. 폐하. 베네푸스가 돌아오기전에 일이 꾸
며진 듯 하옵니다. 그전에 호민관 아리나스가 그일을
준비하고 있었사옵니다. 베네프스가 이집트에서 돌아오
는 시간이 늦어서 일이 이렇게 되었사옵니다.

시 저 : 아리나스 ! 그 늙은여우 아리나스. 내가 사지를 발기
발기 찢어 놓으리라.

  ―의원 이다루마 등장―

이다루마 : 폐하, 폐하 큰 일났사옵니다. 저하께서 운명을….

시 저 : 뭣이라고 ! (시저 급하게 퇴장)

  ―베네푸스, 황급히 퇴장하는 모습을 흘겨보며 음흉한 미소
를 짓는다. 뒤 따라가는 미카엘―

제 4 막 3 장

-다시 시저의 궁-

시 저 : 안토니우스, 안도티웃, 세상에 이럴 수가, 안토니우스
          가 죽다니. 으흐흑.

베네푸스 : 폐하 아리나스를 죽여야 합니다. 그를 살려둬서는
          안됩니다.

시 저 : 안토니우스, 내 사랑 안토니우스 (갑자기 광기서린 눈
          빛으로) 아리나스! 아리나스! 그자를 어디 두었느냐?

미카엘 : 지금 지하 감옥에 가뒀습니다.

시 저 : 그자를 사자굴에 쳐넣어 사자에게 찢기는 것을 보리
          라. 사자 세마리를 삼일동안 굶겨놓고 아리나스를 그곳
          에 쳐 넣어라. 아니, 많은 사람이 아리나스가 찢겨 죽어
          가는 모습을 보도록 하라.

미카엘 : 알겠습니다. 폐하.

시 저 : 그리고 그 유대노예 마도니우스는 어디 두었느냐!

미카엘 : 그도 지 애비 옆에 두었습니다.

시 저 : 어째 둘을 함께 두었느냐, 무슨 역모를 꾸미게 할려
          고, 당장 끌어내서 그도 사자 밥이 되게 하라.

베네푸스 : 아니옵니다. 폐하, 그는 죽는 날까지 고통을 받게해

야 마땅합니다. 안토니우스 저하를 죽게한 장본인입니다. 그는 죽어가는 순간까지 사람들에게 저주를 받게 해야 합니다. 그러면서 처참하게 죽어가도록 하는 것이 안토니우스 저하를 편히 저승으로 모시는 일인줄 압니다.

시 저 : 그래, 그래 그는 죽는 순간까지 고통 받게하리라. 그럼 어떤 형벌을 줘야 한단 말인가? 화형을 시킬까?

베네푸스 : 아니옵니다. 그 보다 더 좋은 방법이 있사옵니다.

시 저 : 화형보다 더 좋은 방법?

베네푸스 : 그렇습니다. 그 악독한 유대 노예를 화형시키면 잠깐의 고통을 느낄 뿐입니다. 그보다는 문둥이로 만드는 것이옵니다. 그것도 두 눈을 뽑은 채로 말입니다.

시 저 : 오호라. 그렇지 문둥이, 문둥이 그래 그자를 문둥이로 만들라. 그런데 어떻게 문둥이로 만들 수 있을꼬.

베네푸스 : 그건 간단하옵니다. 그자에게 문둥이의 살점을 떼다가 온몸에 바르는 것이 옵니다. 문둥병은 전염성이 강해서 그렇게만 한다면 마도니우스의 심장까지 문둥병이 걸리게 될것입니다. 그럼 마도니우스는 평생 어두운 굴 속에서 죽을 때까지 괴로워하며 안토니우스 저하를 살해한 죄를 뉘우치게 될겁니다.

시 저 : 좋다. 그 유대 노예의 두 눈을 불로 지져 당장 문둥이로 만들라 그런후에 사거리로 끌고와서 로마시민의 돌에 맞아 고통을 받게 하라. 베네푸스 나의 충직스런 베네푸스, 부디 안토니우스의 원수를 갚아 주게.

베네푸스 : 명심하겠습니다. 일을 곧 끝내고 돌아오겠습니다.

시　저 : 그리고 다른 유대노예들은 아리나스와 같이 사자밥을 만들되 모든 로마시민이 볼 수 있도록 원형경기장 안에서 집행하라. 반드시 사자들은 삼사일 굶겨 로마시민의 슬픔을 달래주어야 하느니라.

미카엘 : 알겠습니다. 폐하.

시　저 : 그럼 당장 일을 사작하라 !

미·베 : 예, 폐하.

　─베네푸스, 미카엘 퇴장─

시　저 : (독백) 안토니우스, 안토니우스 어찌하여 이 애비를 두고 떠나갔느냐, 안토니우스 으흐흐흐흑.

─조명 out─

제 6 막　1 장

─니프치아가 있는 거리─

니프치아 : (다니엘을 기다리며 초조하게 서성이다가 다니엘이 들어오자 그를 향하여) 다니엘, 마도니우스님은 어디 계시나요.

다니엘 : 아가씨, 이 일을 어쩌면 좋아요. 우리 주인님께서. (울먹이며)

니프치아 : 다니엘 왜그러지요? 무슨 일이라도 생긴 거예요?
　　　　　우리 마도니우스님에게 무슨 일이라도 생긴거냐구요?

다니엘 : 이 모든 것은 베네프스의 짓이 분명하옵니다.

니프치아 : 그건 나도 알고 있으니 어서 마도니우스님에게 갔
　　　　　었던 일이나 말해 줘요?

다니엘 : 아가씨, 곧 두 분을 처형한다고 합니다요.

니프치아 : 뭐라고요? 아리나스나리와 우리 마도니우스님을.

다니엘 : 예, 그것도 모든 사람에게 저주를 받으면서 말예요.

니프치아 : 아니, 이럴수가.

다니엘 : 아리나스 주인님은 삼일 후에 원형경기장에서 로마시
　　　　민이 보는 가운데 사자에게 처형된다고 합니다. 그리고
　　　　마도니우스 주인님은 두 눈을 뽑고 문둥이가 되게 한다
　　　　하옵니다.

니프치아 : 오, 하나님! (니프치아, 기절하여 쓰러진다.)

다니엘 : (엉거주춤 어쩔줄 모르고) 아, 아가씨. 아가씨 정신차
　　　　리세요.

　　—이때 베네푸스 등장—

베네푸스 : 천하의 마도니우스도 병들어 죽게 되다니, 이럴수가
　　　　　있오,

　　—다니엘 몸을 땅바닥에 엎고 조아린다.—

베네푸스 : 다니엘 어서 니프치아를 깨워라(베네푸스의 말에

다니엘 니프치아를 깨운다.) 니프치아, 이제 그대의 사
랑도 다했구려. 사랑은 물과 같아서 한번 흐르면 다시
는 돌아오지 못하고 흘러만 가버리지 니프치아, 그대의
사랑의 물줄기를 이제 내게로 돌려주시오.

니프치아 : (정신을 가다듬으며) 신의 저주를 받을 사람.

베네푸스 : 이렇게 아리따운 아가씨가 쌍스러운 말을 입에 담
다니, 난 그대를 처음 보는 순간 사랑을 느꼈소. 내 사
랑은 오직 니프치아 당신에게로만 향하여 있소. 부디
내 사랑을 받아 주시오.

니프치아 : 난 이미 정혼한 사람이오. 그리고 그렇지 않다 하더
라도 짐승같은 사람과 사랑을 나눌 수는 없소.

베네푸스 : 니프치아, 이젠 당신의 사랑 마도니우스는 흉칙한
병에 걸릴 것이요. 그것도 두눈이 뽑힌채 말이오. 그런
사람과 계속 사랑을 나눌수 있겠소? 당신은 달처럼 뽀
얀 살결을 가졌구려. 부디 당신과 함께 사랑을 나눌수
있게 허락하시구료.

니프치아 : 난 이미 마도니우스님과 정혼한 사이에요. 그분 외
에 내 사랑의 문은 열어줄 수 없어요. 당신은 하나님의
저주를 받을 겁니다.

베네푸스 : 왜이러시오. 이 모든게 당신을 위해 그런 것인데.
앞으로 이 로마제국은 내 손아귀에 들어 올 것이란 말
이오. 어째서 내마음을 이리도 몰라 준단 말이오. 내가
당신을 로마시민의 어미로 만들어 주겠다는데.

니피치아 : 난 그따위 관심이 없어요.

베네푸스 : 그러지 마시오 니프치아. 마도니우스는 이미 눈이
　　　　　뽑혀서 문둥이가 되어 있단 말이오.

니프치아 : 아니, 뭐라구 ! 내사랑 마도니우스가 !

베네푸스 : 그건 우리 "페푸로스" 신을 모독한 댓가였소. "페푸
　　　　　로스"는 당신을 저주하는 무리를 가만 두는 법이 없소.

니프치아 : 이 더러운 악마 !

베네푸스 : 이러지 마시오. 나도 인내심이 그리 많지 않소. 당
　　　　　신을 사자밥이 되게 할수 있는 것도 살려준 나요. 그러
　　　　　니 이제 내게로 오시오.

니프치아 : 정녕 사자밥이 되어 마도니우스님과 함께 죽겠어
　　　　　요.

베네푸스 : 이 번이 마지막 기회요. 잘 생각해서 결정해 주시
　　　　　오.

니프치아 : 내가 당신의 사랑을 받아들인다는 것은 하나님께
　　　　　두가지 죄를 범하는 것이오. 하나는 신의 뜻을 저버리
　　　　　는 것, 또 하나는 살인죄.

베네푸스 : 살인죄 ?

니프치아 : 그래요. 난 평생 당신을 죽이는 재미로 살게될 꺼예
　　　　　요.

베네푸스 : 뭣이라고 ? 이런 배은망덕한 것이, 아 아니지. 난
　　　　　자비로운 "페푸로스"의 아들이지. 오늘은 내가 이렇게
　　　　　그냥 돌아가겠소. 그러나 다음엔 나도 인내하지 않을
　　　　　것이요. 당신이 흉물스런 마도니우스를 보면 마음이 달

라질 것이요. 당신의 사랑 마도니우스는 케브론 골짜기에서 문둥이의 도움을 받으며 살고 있지. 그를 내일 로마시내로 데려다가 수많은 로마시민들의 돌맹이 맛을 보게할 것이오.

니프치아 : 베네푸스, 그러지 마셔요. 가여운 마도니우스에게 제발. (일어나 베네푸스를 보며)

베네푸스 : 난, 당신을 위해 이 모든 일을 꾸민 것이오. 그래도 당신이 내게 돌아오지 않는다면 마도니우스에게 더욱 큰 고통을 줄것이오. 마도니우스는 당신 마음 먹기에 달렸소.

니프치아 : 베네프스, 마도니우스에게 더 이상 잔인하게 하지 마세요.

베네푸스 : 여기서 더이상 머무를 시간이 없소. 니프치아, 그럼 잘 생각하고 결정하시오. 당신의 아픈 사랑은 시간이 씻어줄 것이오.

　-베네푸스 퇴장-

니프치아 : 오, 하나님. 무심한 하나님이시여, 내사랑 마도니우스님을 보호하소서. 당신의 크신 손으로 마도니우스님을 지켜 주소서. 하나님.

다니엘 : 고정 하세요. 아가씨.

니프치아 : 마도니우스, 으흐흑. (니프치아 울며 통곡한다.)

　-한참을 운 니프치아, 고개를 들고 다니엘에게 말한다.-

니프치아 : 다니엘.

다니엘 : 예, 아가씨.

니프치아 : 케브론 골짜기로 날 데려가 줄 수 있겠어요?

다니엘 : 아가씨, 그곳은 문둥이만 사는 골짜기입니다. 그곳을
　　　　지나치는 사람은 로마에 하나도 없습니다. 더욱이 마도
　　　　니우스 주인님이 어디 계신지도 모르고요.

니프치아 : 그렇지만, 마도니우스가 없는 세상에서는 한 순간도
　　　　견딜수가 없어요. 차라리 내가 문둥이가 되어 그분의
　　　　눈이 되어 줄거예요. 밥을 먹이고, 추운 겨울엔 몸을 녹
　　　　여 줄것이예요. 다니엘, 나를 그곳까지 데려가 주세요.

　　　—이때 니프치아 아버지, 시몬 등장—

시　몬 : 니프치아, 여기서 무엇하느냐, 너 또 울었구나. (다가
　　　　가 니프치아를 안으며)

니프치아 : 아버님, 으흐흐흑.

다니엘 : 금방 베네푸스 미카엘 호민관 아들이 다녀 갔습니다.

시　몬 : 베네푸스가?

다니엘 : 네, 아가씨에게 마도니우스에 대해 얘기하고 떠났습니
　　　　다.

시　몬 : 오, 니프치아. 세상에 이럴 수가.

다니엘 : 지금 아가씨께서 마도니우스 주인님이 계신 케브론
　　　　골짜기로 가시겠대요 나리께서 말려주십시요.

시　몬 : 뭐라구? 니프치아, 그건 안된다. 그곳은 성한 사람이
　　　　기웃거려서는 안돼. 그러지 말아라. 이 모든 것은 신의

뜻이야.

니프치아 : 아네요. 아버님, 신은 나약하지 않아요. 가여운 마도
　　　　니우스님에게 그런 잔혹한 형벌을 받게 해서는 안돼요.
　　　　하나님께 빌겠어요. 제 목숨을 마도니우스님에게 바치
　　　　겠어요.

시　몬 : 안된다. 지금 나랑 같이 유대로 도망가자. 유대땅에
　　　　오신 그리스도가 빌라도에게 처형될 거라는 소문이 돌
　　　　고 있다. 그분이 돌아가시기 전에 한 번만이라도 뵈어
　　　　야 하지 않겠니 ?

니프치아 : 안돼요. 마도니우스님을 두고 저 혼자만 떠날 수가
　　　　없어요. 그건 주님도 원치 않으실 거예요. 마도니우스님
　　　　을 버리고 그리스도를 만날 수는 없어요. 아버님 !

시　몬 : 니프치아, 진정하고 내 말을 귀담아 듣거라. 이제 로
　　　　마는 무너지기 시작했다. 우린 여기를 떠나야 해. 여기
　　　　에 있으면 로마 군병들에게 개죽음을 당하게 되어있어.
　　　　니프치아, 이성을 찾고 냉정해야 한다.

니프치아 : 아버님, 그럼 마도니우스님을 함께 모시고 가요.

시　몬 : 그건 말도 안돼. 우리까지 돌에 맞아 죽게 될거다.

니프치아 : 그렇다면 전 한 발짝도 가지 않겠어요.

시　몬 : 니프치아, 시간이 없어. 하루 빨리 유대로 도망가야
　　　　해.

니프치아 : 아버님, 유대로 정말 데려갈 작정이시라면 전 이자
　　　　리에서 죽겠어요. 그러나 아버님, 제가 그러지 않도록

그냥 가세요.

시　몬 : 내가 네 마음을 모르는 바가 아니다. 그러나 마도니우
스의 운명을 하나님께 맡기자꾸나. 하나님께서 그를 보
호하실게다. 니프치아, 어머니를 모시고 오마. 그동안
여기서 애비를 기다리거라. (일어서서) 다니엘, 내가 올
동안 우리 니프치아를 잘 돌봐드리거라.

다니엘 : 예, 나리.

　─시몬 바삐 퇴장─

니프치아 : 다니엘, 어서요. 서둘러 해가지기 전에 케브론 골짜
기로 가요. 예 ?

다니엘 : 안돼요, 아가씨. 시몬나리께서 꼼짝말고 여기 있으라
하셨습니다.

니프치아 : 다니엘, 당신은 마도니우스님의 훌륭한 보살핌을 받
지 않았던가요. 이제와서 마도니우스님이 그렇게 되셨
다고 버리실 참인가요. 다니엘, 다니엘 마저 이러지 마
세요.

다니엘 : (우물쭈물 하다가) 그, 그럼 갖다가 먼 발치서 마도니
우스님을 쳐다보고만 오기로 해요. 네 ?

니프치아 : 좋아요. 약속하지요.

다니엘 : 그럼, 해지기전에 어서 다녀와요.

　─니프치아, 다니엘 퇴장─

제 7 막 1 장

케브론 골짜기
—골짜기 근처, 다니엘 더이상 들어갈 생각않고 기웃거리기
만 한다.—

다니엘 : 이곳입니다. 마도니우스주인님이 계신 곳이.

니프치아 : 오, 하나님. 마도니우스님을 이런 곳으로 보내시다
　　　　니, 다니엘!

다니엘 : 예, 아가씨.

니프치아 : 이제 그만, 가 보세요.

다니엘 : 예? 저 혼자요?

니프치아 : 그래요. 전 이곳에 있다가 마도니우스님을 만나뵙고
　　　　가겠어요. 아버님께는 기다리지 말라고 전해주세요.

다니엘 : 안돼요 아가씨.

니프치아 : 다니엘도 내 마음 잘 알잖아요. 누가 말려도 전 이
　　　　곳을 떠나지 않아요. 어서 가세요. 누가 나오고 있어요.

　　—다니엘 엉거주춤 하다가 뒤로 물러선다. 그리고 문둥이를
　　　　보자 화들짝 놀라 도망간다.—
　　—문둥병자가 골짜기 입구에 있는 물건을 들고 다시 들어가
　　　　려 한다—

니프치아 : 이, 이 보세요. 저 좀 보세요.
　　　　　(무둥병자 가려다 말고 등을 보인채 서만 있다.)

니프치아 : 저 말좀 묻겠어요.

나환자 : 전 문둥이예요. 가까이 오시면 안됩니다.

니프치아 : 괜찮아요. 두려워 마세요. 혹시, 이곳에 요근래에 온
　　　　　눈먼 사람 보셨나요?

나환자 : 눈먼 사람요? 눈먼 사람이라면 그저께 온 마도니우
　　　　　스라는 사람 말이군요.

니프치아 : 예, 맞아요. 그분예요.

나환자 : 참 아까운 사람입니다. 그 분을 그렇게 만든 사람은
　　　　　신의 저주를 받게 될 것입니다. 우리보다 더한 신의 형
　　　　　벌을요.

니프치아 : 그 분은 지금 어디 계시죠. 가르쳐 주세요.

나환자 : 안됩니다. 호민관 나리의 명령입니다. 그 분을 아무도
　　　　　못만나게 하라고 했습니다.

니프치아 : 전 괜찮대두요.

나환자 : 그런게 아닙니다. 그분을 당신이 만나면 저희들을 앞
　　　　　으로 며칠을 굶길지 몰라요.

니프치아 : 이 보세요. 제발, 그분을 딱 한번이라도 좋으니 만
　　　　　나게 해주세요. 제발 부탁이예요. 그 분은 저의 생명이
　　　　　예요. 오, 제발 으흐흑. (울먹인다.)

나환자 : 좋아요. 그러나, 다른 문둥이들의 눈을 피하셔야 합니

다. 공연히 어려운 처지가 될지 모르니까요.

니프치아 : 고마워요. 사례는 어떻게 해서든지 갚아드릴께요.

나환자 : 기다리세요. 이리로 데려 오지요.

니프치아 : 그래요. 누가 찾아왔다는 말씀은 마셔요. 그러면 그
　　　　　분이 안나오실지도 몰라요. 그냥 이쪽으로만 데려다 주
　　　　　셔요.

나환자 : 알았어요. 잠깐만 기다리세요.

　ㅡ나환자 퇴장, 초조히 기다리는 니프치아, 잠시후 나환자가
마도니우스를 데리고 나온다. 나환자가 마도니우스를 두고 뒤
로 물러서서 사라진다.ㅡ

니프치아 : 오, 하나님. 내 사랑 마도니우스 !

마도니우스 : (두 손을 저으며) 거기 누구 있소 ?

니프치아 : 저예요. 마도니우스 (마도니우스에게로 다가 선다.)

마도니우스 : 아니, 니프치아 !

니프치아 : 예 마도니우스 아직도 제 음성을 기억하시는 군요.

마도니우스 : 가까이 오지 마시오. 내몸은 이미 더럽혀진 몸이
　　　　　　요. 여긴 뭣하러 왔소 !

니프치아 : 오 ! 마도니우스 화내지 말아요. 당신이 보고 싶어
　　　　　서 왔어요. 마도니우스, 절 버리시면 안돼요.

마도니우스 : 니프치아 ! 이러시면 안돼오. 어서 돌아가시오.

니프치아 : 마도니우스, 걱정 마세요. 당신과 함께 살려고 왔어

요. 당신 곁에 있겠어요. 가여운 마도니우스,

마도니우스 : 안돼요. 니프치아, 이젠 우리 사이에 놓인 강이
　　너무 크단 말이오. 그건 죽음의 강이란 말이오.

니프치아 : 상관없어요. 당신과 함께 죽는 길이라면 전 행복해
　　요. 마도니우스,

마도니우스 : 니프치아, 정말 당신을 사랑하오. 그러나 이런 것
　　은 사랑이 아니오. 오, 하나님 제발 이 선한 여인을 제
　　게서 떨어뜨려 주소서.

니프치아 : 마도니우스 저도 하나님께 빌고 또 빌었어요. 당신
　　과 함께 있기를 하나님은 마침내 저의 기도를 들어주셨
　　어요. 마도니우스, 당신과 함께 살게해 주세요. 당신과
　　함께 유대로 가게해 주세요.

마도니우스 : 여기서는 당신과 같은 사람이 살곳이 못되오. 그
　　냥 돌아가시오.

니프치아 : 오, 마도니우스 !

마도니우스 : 당신은 로마로 가시오. 로마는 당신을 위해 세워
　　진 도시요, 나는 이곳에 머무르겠소. 여기가 내겐 더 편
　　하오.

니프치아 : 아니, 그렇지 않아요 마도니우스 ! 유대로 가면 당
　　신의 병이 나을수 있어요. 그리스도로 오신 그분을 만
　　나야 해요. 마도니우스, 제가 나와 당신의 하나님께 빌
　　었어요. 한 번도 당신이 믿는 하나님께 잘못을 하지 않
　　은 당신을 신은 버리시지 않아요.

마도니우스 : 설사 병이 낫는다해도 이젠 늦었소. 두 눈이 보이
　　　　　　지 않으니.

니프치아 : 아니예요. 마도니우스, 당신의 눈은 바로 저예요. 당
　　　　　신의 눈과 팔다리가 되겠어요. 마도니우스 부디 절 버
　　　　　리지 마세요.

마도니우스 : 오, 하나님. 절 왜, 이 지경으로 만드셨사옵나이
　　　　　　까? 저 선한 여인을 고통스럽게 마소서. 오, 하나님.

　─니프치아, 마도니우스에게 가까이 다가선다.─

마도니우스 : 니프치아, 가까이 오면 안되오.

니프치아 : 두려워 마세요. 전 당신없이는 하루도 살 수 없어
　　　　　요.

마도니우스 : 니프치아, 그럼 내 몸을 만지지 말아요. 난 당신
　　　　　　이 나와같은 병을 갖게 되는 걸 원치 않소.

　─그러나 니프치아는 마도니우스의 팔을 잡는다.─

마도니우스 : 오, 하나님. 니프치아, 이러면 안돼오

니프치아 : 마도니우스, 보세요. 전 아무렇지도 않아요. 설령 제
　　　　　몸에 나균이 퍼진다해도 전 이미 각오가 돼있어요. 차
　　　　　라리 당신의 고통을 함께 질수만 있다면 그건 저의 행
　　　　　복이예요. 마도니우스.

마도니우스 : 니프치아, ─── (조금후) 내가 왜, 이런 형벌을
　　　　　　받아야 하는지 모르겠소.

니프치아 : 아녜요. 마도니우스, 당신은 꼭 나을 수 있어요. 전

그것을 믿어요. 아니, 그렇지 않더라도 전 당신과 함께 운명을 같이 하겠어요.

마도니우스 : 니프치아, 하지만 부탁이오. 내 몸에 손은 대지 마시오.

니프치아 : 당신이 그래야 편하다면 그렇게 하겠어요. (조금 물러선다.)

마도니우스 : 니프치아,

니프치아 : 네, 마도니우스.

마도니우스 : 내 아버지 아리나스는 어찌 되셨는지 혹 아시오.

니프치아 : 당신이 알아도 이젠 어쩔 수 없는 몸이 되었어요. 그러나 내가 아리나스나리의 근황을 알고 있어도 당신에게 말할 수는 없어요.

마도니우스 : 니프치아, 나도 대충은 들었소. 지금쯤 사형이 집행 됐을지도 모르지만.

니프치아 : 아니예요. 아직 사형이 집행되지 않았어요. 지금은 안토니우스 저하의 장례 때문에 아리나스나리의 사형집행이 미뤄졌어요.

마도니우스 : 니프치아, 그럼 날 아버님 계신 곳으로 데려갈 수 있겠소?

니프치아 : 그것만은 안돼요. 아리나스는 지금 궁안의 감옥에 갇혀있어요.

마도니우스 : 듣기로는 사자밥이 되신다고 하던데.

니프치아 : 그, 그래요. 마도니우스 너무 슬퍼하지 마세요.

마도니우스 : 세상에 아버님이 이런 모략에 빠져 죽게 되실 줄
이야. 베네푸스! 베네푸스는 지금 어디있소.

니프치아 : 지금 궁안에 있을 거예요.

마도니우스 : 그가 당신을 찾아 왔겠지. 비열한 인간! 오, 하
나님. 아버님을 베네푸스의 모략에서 풀어 주옵소서.

니프치아 : 그는 하나님의 저주를 뒤집어 쓰게 될 거예요. 마도
니우스. 선량한 당신과 당신의 아버님 아리나스나리를
이렇게 만든 것은 하나님께 대항하는 어리석은 짓이예
요. 그 자는 반드시 저주를 받고 죽게 될거예요. 그러니
그런 걱정은 마셔요. 마도니우스. 어서, 저와함께 유대
로 가요. 가서 그리스도로 오신 예수님을 만나요.

마도니우스 : 니프치아, 난 아버님을 홀로두고 나 혼자 유대로
갈 수가 없소. 그건 내가 베네푸스보다 더 비열한 인간
이 되는 것이오. 난 이곳에서 베네푸스의 최후를 볼 것
이오. 니프치아! 아버님이 보고 싶구려. 지하 감옥에서
날 원망하고 계실 내 아버지, 그 분의 목소리를 내가
들을 수만 있다면 이제 죽어도 여한이 없을텐데.

니프치아 : 오, 내사랑 마도니우스, 선한 당신에게 이렇게 무거
운 형벌이라니. 가여운 마도니우스.

마도니우스 : 니프치아, 슬퍼하지 마오. 난 모든 걸 받아 들였
소. 단, 내 아버지 아리나스께서 나 때문에 고통스러워
하실 일을 생각하니 잠시도 견딜 수가 없소. 베네푸스,
베네푸스! 그자를 죽이고 싶고. (단호히) 날 베네푸스

가 있는 곳으로 인도할 수 있겠소?

니프치아 : 안돼요. 마도니우스. 이런 몸으로 시내를 나다니는 것은 죽음을 부를 뿐이예요. 우선 당신의 몸을 치료 받아야 해요. 어서 저와 함께 유대로 가요. 마도니우스.

마도니우스 : 내가 유대로 갔다 오면, 아버님은 이 세상 사람이 아닐텐데.

니프치아 : 그러나 지금 복수한다는 것은 무리예요. 당신의 몸이 깨끗해지면 그때가서 당신의 아버님 아리나스를 위해 복수하셔도 돼요.

마도니우스 : (잠시 생각에 잠긴다.)……

니프치아 : 어서요. 곧 베네푸스가 당신을 만나러 이곳으로 올 거예요. 그러니 어서 피해요.

마도니우스 : 내가 유대로 가면 정말 치료 받을 수 있소?

니프치아 : 여호와 하나님은 선인을 곤궁에 빠뜨리지 않아요. 긍휼의 하나님은 당신을 끝까지 돌보실 거예요.

마도니우스 : 좋소. 유대로 갔다 옵시다. 내 아버지 아리나스의 원수를 갚기 위해서라면.

니프치아 : 오, 가엾은 마도니우스. 제 손을 꼭 잡고 따라 오세요.

　－니프치아 마도니우스 퇴장－

　, 미안하게 됐오.

제 7 막 2 장

-베네푸스, 피네프스 등장-

베네푸스 : 아버지는 지금 어디에 계시냐!

피네프스 : 미카엘 호민관 나리께서는 집정관 레피두스 나리댁
　　　　으로 저녁을 초대받아 지금 거기 계십니다. 곧 이리로
　　　　오신다 하셨습니다.

베네푸스 : 이곳엔 아무도 모르게 오시라 일렀느냐?

피네푸스 : 예, 주인님 호민관 아리나스의 아들을 제거하기 위
　　　　해서 주인님이 이곳에서 만나보자 한다구 얘기를 했습
　　　　니다. 조금 있으면 오실 겁니다.

베네푸스 : 수고했다. 오늘에야 비로소 원수를 제거할 수 있게
　　　　되다니…… 어머니의 원수 미카엘, 오늘 내가 너를 이
　　　　곳에다 묻으리라. 피네푸스 !

피네푸스 : 예, 주인님

베네푸스 : 삽은 준비되었느냐?

피네푸스 : 저쪽 바위 뒤에 숨겨놓았습니다.

베네푸스 : 그래, 그럼 넌 골짜기로 들어가서 "페푸로스"의 저
　　　　주받은 마도니우스를 감상하고 오너라. 지금쯤 악창과
　　　　헌데로 온몸이 썩어가고 있을 테니까.

피네푸스 : 네, 주인님.

　-피네푸스 퇴장-

베네푸스 : <독백> 이젠 이 로마제국을 손아귀에 넣는 것은
　　　　　시간 문제로구만 가엾은 마도니우스도 저승의 사자밥이
　　　　　될테고 아리나스도 며칠 있으면 굶주린 사자에게 뜯길
　　　　　테고…… 후후후, 내 양아버지 미카엘 ! 그자도 오늘
　　　　　내 손에 죽을 테니, 세상에 더러운 놈 ! 내가 이집트로
　　　　　노예사냥을 갔었던 이유를 모르고 있다니. 머잖은 날에
　　　　　내 수하의 군병들이 건장한 이집트 노예들이라는 것을
　　　　　깨닫게 될테지. 난, 그날의 기억을 씻을 수가 없다. 어머
　　　　　니를 살해한 장본인이 너 미카엘이라는 사실을 베네푸
　　　　　스가 알고 있다면 후후후후 어리석은 미카엘 사자새끼
　　　　　를 집안에 키우고 있었다니.

　-잠시후 미카엘 등장-

미카엘 : 오, 베네푸스. 오래기다렸니 ?

베네푸스 : 이제 오십니까 ?

미카엘 : 응, 집정관 네피두스와 얘기가 길어졌구나. 그래, 마도
　　　　　니우스는 꼼짝없이 굴 속에 갇혀있겠지.

베네푸스 : 지금 알아보려 피네푸스가 굴속으로 갔습니다.

미카엘 : 음 그래.

베네푸스 : 아버님, 궁 안은 지금 어떻습니까 ?

미카엘 : 지금은 안토니우스의 장례문제로 궁안이 엄숙하고 침
　　　　　울한 분위기만 흐르고 있단다. 사람들은 마치 폐병환자

들처럼 지나치고 있지.

베네푸스 : 제가 안토니우스를 살해한 것은 아무도 눈치를 채
　　　지 못했죠?

미카엘 : 그럼, 너의 빈틈없는 계획이 아니었니. 너의 그 야누
　　　스같은 얼굴에 모두가 감쪽같이 속아버렸단다. 역사가
　　　흘러도 너와 나, 프네푸스 외에는 아무도 모를게다. 그
　　　사실을 안다는 것은 죽음을 의미하는 것이 잖니.

베네푸스 : 그렇죠. 누구든지 저 외에 그 사실을 알고 있는 사
　　　람은 죽어야 하죠!

미카엘 : 그럼. 그야 물론이지.

베네푸스 : 미카엘 당신도. (베네푸스 느닷없이 칼을 뽑는다.)

미카엘 : (혼비백산하여) 베, 베네푸스. 이게 무슨 짓이냐, 애비
　　　한테.

베네푸스 : 애비? 네가 나의 애비라구? 이런 비열한 인간 내
　　　어머니를 살해하고서 그 자식에게 애비 소리를 듣고 싶
　　　어!

미카엘 : 뭐야!

베네푸스 : 신에게 기도나 하시지.

미카엘 : 베네푸스, 왜 이러는 거냐? 뭐, 뭔가를 오해하고 있
　　　구나. 이, 이게 도대체 무슨 짓이냐?

베네푸스 : 뭐하는 짓이냐구? 내 어머니의 원수를 난 이제껏
　　　이 기회를 위해 버텨왔어. 자 기도나 외어 봐. 나도 시

간없어.

미카엘 : 베, 베네푸스 이러지 마라.

베네푸스 : 웃기시네. 너도 사정하는 어머니를 가차없이 살해
    했잖아 더이상 네놈이 살아 있다는 것을 난 용납할 수
    가 없다구 !

미카엘 : 아, 아니 베네푸스. 애, 애비말을 끝까지 들어보렴. 그,
    그때는 실수였어.

베네푸스 : 이 비열한 인간 말종 ! 실수였다고, 너의 출세를 위
    해 이미 어머니를 죽이고서 뭐 ! 실수라고 ?

미카엘 : 그, 그건 그렇지 않단다. 모두가 너의 계모 이자벨라
    가 꾸몄던 계략이란다. 애, 애비는 몰라.

베네푸스 : 이제는 모든걸 이자벨라에게 뒤집어 씌워 ! 몹쓸놈
    계집품에서 끝내는 벗어나지 못하고 십수년을 봉사해온
    어머니를.

미카엘 : 아~ 아악.

—미카엘 베네푸스의 칼에 고꾸라진다.—

베네푸스 : (쓰러진 미카엘을 보고) 악인의 최후는 항상 그렇
    듯이 너 또한 그 길을 가는 것 뿐이야. (칼을 집어 꽂는
    다.)
    (잠시후 프네피스 등장)

프네피스 : 주, 주인님. 마도니우스가 보이지 않습니다. 같이 있
    던 문둥이가 그러는데 웬 여자가 데려갔다고 합니다.

베네푸스 : 뭐야, 마도니우스를 데려가 !

프네피스 : 그렇습니다 주인님. 니프치아 같습니다.

베네푸스 : 니프치아 ! 더러운 유태 종자들 ! 내가 그 작자들
의 씨를 말리리라. 어서 인근지역을 샅샅이 뒤져야 겠
다. 내가 지구 끝까지라도 쫓아가서 그 작자들의 목을
들고 오리라.

  —피네푸스, 피네푸스 퇴장하려던 때 병정들과 로마황제 가
   이사 등장—

병　정 : 멈춰라 ! 시저 황제 명령이다.

베네푸스 : 뭐라구 ! 시저가 ! (둘다 왼무릎을 끓어 맞이한
다.)

  —병정들 뒤로 시저 등장—

시　저 : 이런 더러운 놈 ! 로마를 샅샅이 뒤졌건만 여기 숨어
있었구나 !

베네푸스 : 폐하 ! 어인 일로……

시　저 : 입닥치거라. 네놈이 호민관 미카엘과 짜고 내 아들 안
토니우스를 살해했다는 것을 알았다. 이놈.

베네푸스 : 폐하 ! 무슨 그런 당치않는 말씀을 하시옵니까 ?

시　저 : 그래도 이놈이 제 죄를 뉘우치지 못하고 ! 여봐라 !

병정들 : 네 !

시　저 : 저놈을 당장 결박해서 궁으로 끌고 가거라. 오늘 사자

에게 뜯기는 것을 내 친히 보리라.

병정들 : 네, 폐하.

베네푸스 : 아, 아니옵니다. 폐하 ! 뭔가를 잘못알고 계십니다.

시 저 : 뭣들하느냐 ! 저놈과 저놈의 몸종을 결박하라는데 그
　　　　리고 당장 끌고 오너라 !

병정들 : 네, (시저 퇴장)

　─병정들 여럿이 달려들어 베네푸스와 피네푸스 결박 끌고
　간다.─
　─퇴장─

제 8 막

　─니프치아, 마도니우스 등장, 사람들에게 돌 팔매질을 당한
다.─

사람들 : 문둥이다 ! 문둥이가 나타났다. 숨여라 ! 돌을 던져
　　　　쫓아라. 신의 저주를 받은 죄인이다 ! 어서 저놈을 동
　　　　네에서 쫓아내라 !

　─사람들 마구 돌을 던진다. 돌에 맞아 마도니우스 피투성이
가 된다. 마도니우스 니프치아가 돌에 맞지않게 앞을 막고 엎
어져 있다. 사람들은 떠나지 않고 있는 마도니우스를 향해 갖
은 욕설을 퍼부으며 저주를 한다. 그 사람들은 예수님과 함께
말씀을 듣던 제자들과 군중들이었다.─

제 자 : 주여! 가지 마옵소서. 저들은 죄인들이 옵니다.

예 수 : 네가 내 앞길을 막아 서느냐? 내 길을 막는자는 오
직 사탄 뿐이니라.

　—예수의 말씀에 제자는 뒤로 물러서며 돌팔매질도 정지된
다.—

예 수 : (니프치아에게 다가서서) 여자여 고개를 들라.

니프치아 : 제, 제발 이 사람을 살려 주세요. 당신들의 동네에
는 들어가지 않겠습니다. 그러니, 돌팔매질만은.

예 수 : 여자여! 네 소원이 무엇이냐?

니프치아 : 네? 제, 제 소원이 무엇이냐구요?

사람들 : 그 분은 그리스도시다! 그리스도를 몰라보느냐!

니프치아 : 뭐! 뭐라구요. 이 분이 그렇게 찾던 그리스도? 주
여, 이 가여운 마도니우스를 구원하소서. 당신을 찾아
먼 로마에서 왔나이다.

예 수 : 여자여, 안심하라. 네 형제 마도니우스는 이미 나았느
니라.

니프치아 : 예! 나았다구요. (마도니우스를 살핀다.) 저, 정말
나았어요! 주님, 오 하나님 감사합니다.

예 수 : 마도니우스를 깨워 그 애비 아리나스에게로 가라.

니프치아 : 주여! 감사합니다. 감사합니다.

예 수 : 네 길위에 평안이 있을 찌어다.

　—예수 퇴장—

니프치아 : (예수가 가는 쪽을 향해 엎드려 절하며)
　　　주여, 정말 감사합니다.

　—조명 out—

끝

5. 부 활

<청·장년, 부활절 用>

■ 나오는이 : 서기관, 바리새인, 안티바, 게하난, 비자, 병정,
공회원, 장로, 가야바(대제사장), 베드로, 빌라도,
나르치스, 요한, 막달라 마리아, 예수

* 연출지도

예수님의 부활을 주제로 한 극이다.

시대적인 극이므로 시대에 맞는 무대설치, 의상, 소품등을 준비하여야 하며 마지막 부분에서 헨델의 메시아곡이 연주되는데 거기서 절정에 이를 수 있도록 박진감있게 연극 연출을 해야한다. 쉩트가 많이 필요하지만 전교인 대상으로 이 극을 상연할 수 있어서 필요한 소품과 무대장치를 잘꾸며 놓으면 좋겠다. 특히 성경을 토대로 한 극이므로 너무 극 자체가 무겁거나 가벼워지지 않도록 신경써서 연출을 해야 한다.

제 1 막 1 장

—때에 예수께서 제자들에게 이르시되, "오늘 밤에 너희가 다 나를 버리리라. 기록된 바 '내가 목자를 치리니 양의 떼가 흩어지리라. 하였느니라, 그러나 내가 살아난 후에 너희보다 먼저 갈릴리로 가리라. 베드로가 대답하여 가로되, 다 주를 버릴찌라도 나는 언제든지 버리지 않겠나이다."(마 26 : 31~33)

—Natoration out, epect 점점 줄이며 out—

무대 : 길가, 갑작스럽게 소란해진다. 웅성거리는 소리

예수께서 감람산에서 무리를 향해 가르치는 도중. 무대중앙에 예수 서있고 사람들 등장

서기관 : (간음중 잡힌 여자를 무대 가운데 세워놓고)

여보시오. 선생 ! 이 여자가 간음하다가 현장에서 우리에게 잡혔소.(손에든 돌을 들이대며) 이 돌로 쳐 죽여야 마땅하지 않소 ?

바리새인 : 모세는 이러한 여자를 (손에든 돌을 저으며) 돌로 쳐 죽이라고 율법에 써놓지 않았소. 당신이라면 이 여자를 어떻게 하시겠소.

서기관 : (여자를 향해) 뭘 어떻게 해 당장 돌로 쳐 죽일 일이지 더러운 년 !

바리새인 : 아, 뭘 꾸물거리십니까 ? 어서 돌로쳐 죽이시오. 당신이 돌을 들어 던져야 이 많은 당신의 무리가 따라할게 아니오.

서기관 : 어서 돌로 치시오.

  —예수가 곰곰히 듣고 있다가 허리를 구부리사 손가락으로
무엇인가를 쓰다가 일어서서 무리를 향해 말한다. 잔잔한 음악
을 깐 다음 예수의 대사—

예 수 : (무리앞을 보고 관객에게는 등만 보인 채) 너희중에
          죄없는 자가 먼저 돌로 치라. (음악 잔잔하게 죽인다.)
          (다시 몸을 굽히사 손가락으로 땅에 쓰신다.)

서기관 : (물끄러미 예수와 시선을 마주치다 주눅이 들어 돌을
          땅에 던져두고 퇴장)

바리새인 : (많은 무리와 서기관이 퇴장하는 것을 보고 곧 이
          어 퇴장한다.)

예 수 : (다시 일어나 주위를 살펴 본 후 여인에게로 다가서
          며) 여자여, 너를 고소하던 그들이 어디 있느냐? 너를
          정죄한 자가 없느냐?

여 인 : (몸을 땅에 구부려 엎드린채 주위를 둘러보고) 주여,
          없나이다.

예 수 : 나도 너를 정죄하지 아니하노니 가서 다시는 죄를 짓
          지 말라.

여 인 : 주여 고맙습니다. 고맙습니다. (여인이 예수의 발에
          입을 맞추고 퇴장)

바리새인 : (퇴장한 바리새인 다시 서기관과 등장) 여보시오.
          선생! 당신의 판단은 옳지 못하오. 그 여자는 죄인이
          었단 말이오.

서기관 : 그렇소. 당신은 당신의 인기를 위해서 수작을 부리는
　　　　게 틀림없단 말이야!

예　수 : (무대 중앙에서 관객을 향해 그대로 등진 채) 너희는
　　　　육체를 따라 판단하나 나는 아무도 판단치 아니하노라.

바리새인 : 무엇이라고. 누가 당신의 판단이 참되다고 하였
　　　　소?

예　수 : 내가 판단한 판단은 참되니, 이는 내가 혼자있는 것이
　　　　아니요. 나를 보내신 이가 나와 함께 계심이니라.

서기관 : 당신의 판단이 참되다는 증거가 어디있소?

예　수 : 너희 율법에도 두 사람의 증거가 참되다 기록하였으
　　　　니 내가 나를 위하여 증거하는 자가 되고 나를 보내신
　　　　아버지도 나를 위하여 증거하시느니라.

바리새인 : 그렇다면 네 아버지가 어디 있느냐? 우리에게 보
　　　　이라.

예　수 : 너희는 나를 알지 못하고 내 아버지도 알지 못하는도
　　　　다. 나를 알았더면 내 아버지도 알았느니라.

서기관 : 도대체 네가 누구냐?

예　수 : 나는 처음부터 너희에게 말하여 온 자니라. 내가 너희
　　　　를 대하여 말하고 판단할 것은 많으나, 나를 보내신 이
　　　　가 참되시매 내가 그에게 들은 그것을 세상에서 말하노
　　　　라.

바리새인 : 이런 거짓말장이 사기꾼. 너를 이땅에 보낸자가 어
　　　　디있느냐, 우리에게 보이라. 네 곁에는 아무도 없지 않

느냐.

예 수 : 나를 보내신이가 나와 함께 하시도다. 내가 항상 그의
　　　　기뻐하시는 일을 행하므로 나를 혼자 두지 아니하셨느
　　　　니라. 너희가 내말에 거하면 참 내 제자가 되고 진리를
　　　　알찌니 진리가 너희를 자유케 하리라.

서기관 : 우리가 아브라함의 자손이라, 남의 종이 된 적이 없거
　　　　늘 어찌하여 우리가 자유케 되리라 하느냐?

예 수 : 진실로 진실로 너희에게 이르노니 죄를 범하는 자마
　　　　다 죄의 종이니라. 나도 너희가 아브라함의 자손인 줄
　　　　아노라. 그러나 내말이 너희 속에 있을 곳이 없으므로
　　　　나를 죽이려하는도다. 나는 내 아버지께서 본 것을 말
　　　　하고 너희는 너희 아비에게서 들은 것을 행하느니라.

바리새인 : 우리가 음란한데서 나지 아니하였고, 아버지는 한
　　　　분 뿐이시니 곧 하나님이 우리의 아버지시다.

예 수 : 하나님이 너희 아버지였으면 너희가 나를 사랑하였으
　　　　리니, 이는 내가 하나님께서 나왔음이라. 나는 스스로
　　　　온 것이 아니요 아버지께서 나를 보내신 것이라. 어찌
　　　　하여 내말을 깨닫지 못하느냐?

서기관 : 네가 정녕 하나님이 보내신 자라 말하였느냐?

예 수 : 그렇다. 너희는 너희 아비 마귀에게서 났으니 너희 아
　　　　비의 욕심을 너희도 행하고자 하느니라. 내가 진리를
　　　　말하였으매 어찌하여 나를 믿지 아니하느냐?

바리새인 : 네가 우리조상 아브라함보다 크냐?

서기관 : 선지자들도 이미 죽었거늘 넌 너를 누구라 하느냐?

예 수 : 진실로 진실로 너희에게 이르노니 모든 선지자와 아
        브라함이 나기 전부터 내가 있었느니라.

바리새인 : 아니 이런 참람한 말을 보았나!

서기관 : 우리가 저자를 돌로 쳐 죽여야 한다. 돌을 들어 쳐 죽
        여라!

　　—예수 조용히 퇴장—

바리새인 : (예수의 퇴장을 보고) 안되겠어. 우리가 저자를 잡
        아 대제사장 가야바에게 넘겨주자. 이것은 하나님을 모
        독한 말을 우리가 들었으니까.

서기관 : 그럽시다. 저자를 숨어서 기다리다가 결박해서 가야바
        에게로 끌고 갑시다.

바리새인 : 그래요. 어서가서 병정을 삽시다.

　　—서기관 바리새인 퇴장—

제 1 막 2 장

　가야바 뜰.

안티바 : 이 봐, 글쎄 그 유대인의 선지자. 그 누구더라.

게하난 : 예수라는 사람 말이야?

안티바 : 그, 그래 그자가 제사장에게 잡혔다는게야.

게하난 : 무슨 이유로 잡아가?

비 자 : 이유는 무슨 이유예요 하나님의 이름을 모독했기 때
        문이지.

안티바 : 하나님의 이름을 모독했다니?

비 자 : 그자가 글쎄 하나님의 아들이라며 예루살렘 성전을
        헐어버리고 삼일만에 세우겠다고 했대요 글쎄.

게하난 : 뭐야? 그자가 정말 그런 해괴한 소리를 했다고.

비 자 : 그렇대두요. 지금 그자를 모두가 죽이려 들고 있어요.

게하난 : 그렇담 그자는 반드시 형벌중 최고의 형벌을 받아야
        마땅하겠군 가야바는 그런 형벌을 내릴거야.

안티바 : 세상에, 하지만 그분은 점잖고 인자하신 분이던데.

비 자 : 그게 무슨 소리예요.

안티바 : 나도 그분의 말씀을 들은 적이 있었어. 그분의 말씀은
        이상하게도 내 마음을 꿰 뚫는 것 같았다구.

비 자 : 이봐요. 안티바, 당신이 그런 소리를 지껄이면 누군가
        가 당신을 가야바의 관원들에게 고발할지도 몰라요. 그
        런 소리를 입에 담지 마세요.

게하난 : 그래. 그러는게 좋겠어. 쓸데없이 매질을 당하면 어디
        다대고 하소연 할려구.

비 자 : 그리고 지금은 그 예수와 함께 있었던 자들도 잡기로
        했대요. 그 사람 제자들 말예요.

안티바 : 그래도 난, 그사람에 대해서 거짓말을 할 수가 없단
　　　　말이요. 내 딸이 그 사람에게 고침을 받았으니까. 그것
　　　　도 돈 한푼 안주고 거져로 고쳐 주셨소. 게하난 당신도
　　　　알잖소.

게하난 : 아, 그야 알지 하지만 지금은 그런것 같구 논할 때가
　　　　아니라구. 안티바 당신딸도 그랬지만 내 어머니도 그선
　　　　지자라는 예수에게 고침을 받았지않소. 하지만 지금은
　　　　분위기가 어수선해요. 그런 말을 입에 담지 말라는 얘
　　　　기요. 아, 저기 가야바 병정들이와요.

병　정 : 이 봐 예서 뭣들하는 거야!

비　자 : 아이구, 나리 오셨습니까요.

병　정 : 뭣때문에 여기 모여 노닥거리냐구. 너희들 혹시 역모
　　　　를 꾸미고 있던거 아냐?

게하난 : 아니, 그게 무슨 말씀이십니까? 역모라뇨? 당치도
　　　　않습니다.

병　정 : 그럼 왜들 여기 있었지?

비　자 : 저희들은 그저 장삿일을 의논하고 있었습니다요.

병　정 : 좋다. 그건 그렇다고치고 자 이것을 받아라.

안티바 : 이게 무슨 돈입니까?

병　정 : 받아보면 알아. 내가 설명해줄 테니까.

비　자 : 왠 돈을 이렇게 까지 주십니까? 정말 고맙고 고마와
　　　　라.

병　정 : 이건 가야바 대제사장이 특별히 주는 것이다.

계한난 : 가야바가 특별히 주다뇨?

병　정 : 별거 아니야. 간단한 말만하면 돈의 댓가를 지불하게
　　　　돼.

안티바 : 돈의 댓가를 지불해요?

병　정 : 그래, 그자가 지금 유대교를 모독할 뿐 아니라 역모를
　　　　꾸미려고 하고 있다. 그래서 가야바께서 그자를 죽이기
　　　　위해 잡아 들였지만 증거가 없어 고민중이야.

계한난 : 그래서요. 우리가 무슨 거들 일이라도 있습니까?

병　정 : 암 있구말구 너희들이 빌라도 앞에서 재판할때에 십
　　　　자가에 못 박으라는 소리를 지르면 돼.

안티바 : 아니, 어떻게 그런 말을 돈을받고 합니까?

병　정 : 그게 무슨 소리냐! 넌 가야바의 명을 어길셈이냐?

안티바 : 전 누구의 명령도 어길 생각이 없습니다. 그러나 선량
　　　　한 사람을 돈 몇 푼 받고 죽여달라고 빌라도 총독에게
　　　　말을 할 수는 없습니다.

병　정 : 뭐라구. 그자가 어째서 선량하다는 게냐?

안티바 : 그 사람은 죄가 없습니다. 저의 딸을 죽음에서 건져주
　　　　신 분이지요. 그런 사람에게 은혜를 악으로 갚을 수야
　　　　없지 않겠습니까.

병　정 : 너희들 혹시 그 작자의 제자가 아니냐?

게하난, 비자 : 아, 아닙니다.

비 자 : 저희는 그 제자가 아닙니다. 그리고 제사장의 말을 어
　　　　길 생각도 없습니다.

병 정 : 그럼 너희 둘은 내 말대로 하겠느냐?

게하난 : 그야 물론이죠.

비 자 : 이렇게 돈까지 주셨는데 댓가를 지불해야죠.

병 정 : 그럼 넌 어쩔 셈이냐. 네가 아무래도 수상한 것 같으
　　　　니 나랑 가야바 궁으로 가야겠다.

안티바 : 하긴 죄도없는 그 분을 끌고 갔으니 나같은 놈이야
　　　　식은죽 먹기로 끌고 다니겠지.

병 정 : 뭐야 !

게하난 : 여보게, 왜 그러나. 쓸데없는 고집 부리지 말고 어서
　　　　병정 나리께 그렇게 하마고 말씀드리게나.

안티바 : 난 흰것을 보고 검다고 말할 수 있는 재주가 없네.

병 정 : 안되겠군. 이리와 !

　　　—병정 안티바 끌고 퇴장—

비 자 : 저런 답답한 사람을 봤나. 쯧쯧쯧 ! 왜 저렇게 생고생
　　　　을 사서하나 모르겠네.

게하난 : 누가 아니래요. 딸의 병을 고쳤으면 고쳤지 그거하고
　　　　자기가 무슨 상관있다고…

비 자 : 분명히 40대는 맞고 나올 거예요. 우리도 얼른 이 자

리를 뜹시다. 괜히 여기 있다간 저놈들에게 무슨 봉변
을 당할지 모르겠어요.

게하난 : 그래요. 어서 피합시다. 예수가 죽든 살든 우리와 무
슨 상관이오.

―둘 퇴장 조명 out―

제 2 막 1 장

무대 : 가야바 뜰에서 재판하고 있는 풍경

공회원 : 가야바여, 이자를 돌로 쳐 죽여야 옳습니다.

장 로 : 지체말고 이자를 돌로 치소서. 이자는 우리 하나님의
이름을 더럽힌 유대인 입니다.

공회원 : 그렇습니다. 귀신들린 병자입니다.

가야바 : 자, 자 서둘지들 말고 조용히들 하시오. 이렇게 시끄
럽게 굴면 저자의 죄를 어떻게 밝혀내겠소. 그러니 차
근차근 차분하게 말해 보시오.

공회원 : 가야바여, 제게 증거가 있습니다. 저자가 유대교를 멸
시하고 우롱한 흉악범입니다. 바리새인들을 능욕하고
장로와 대제사장들을 기만한 말들을 늘 입에 품고 다녔
습니다.

장 로 : 뿐만 아닙니다. 바리새인들이나 서기관들을 향해 독사
의 자식들이라며 차마 입에도 담지 못할 욕설을 했으며

　　　　현장에서 간음한 여인을 돌로치라는 율법을 어그러뜨리
　　고 자신의 인기를 위해 많은 사람들을 현혹시켰습니다.

바리새인 : 또 있습니다. 저자는 안식일에도 일을 하라는 둥 하
　　　　며 율법에도 없는 교리를 선전하며 사람들을 꾀고 있습
　　　　니다. 심지어는 죽은자를 마술로 살려놓고 신을 우롱하
　　　　기까지 했습니다.

서기관 : 저 교활한 작자를 어서 능지처참 시키소서.

공회원, 장로, 바리새인 : 죽여야 합니다. 저자는 악귀들린 마귀
　　　　의 자식입니다. (소란스럽게)

가야바 : 좀 조용히들 하시오. 이것 봐라.(예수를 향해) 저들의
　　　　고소하는 소리를 들었느냐? ———
　　　　어찌하여 말을 못하는냐?

공회원 : 저자는 벙어리가 아닙니다. 자신의 죄를 뉘우치고 있
　　　　을 뿐입니다.

장　로 : 어서 저자를 돌로 쳐 죽여야 합니다. 이러다가는 저자
　　　　가 유대교를 뒤흔들어 놓거나 반역을 꾀하여 빌라도를
　　　　대적할지도 모릅니다.

가야바 : 네가 정녕 반역을 꾀하여 유대교와 로마정부를 찬탈
　　　　하려 한다는 말이 사실이냐?

예　수 : 그렇지 않다. 너희는 너희도 알지 못하는 말을 하는도
　　　　다.

바리새인 : 무엇이라고? 이런 흉물스런 놈, 네놈이 네 입으로
　　　　하나님의 아들이라 하지 않았느냐?

서기관 : 네가 육신을 입고 어찌 신이라 말하느냐, 신은 오직
　　　　하나님 한 분 밖에는 없다구, 이 거짓말쟁이 협잡꾼!

가야바 : 자, 자 조용히들 하고 분명한 증거가 있는 사람이 말
　　　　하라.

공회원 : 가야바여, 이자가 또 이런 말을 했습니다.

가야바 : 무슨 말인지 어디 알아듣게 말해보라.

공회원 : 이 사람이 자기의 무리들을 몰고 다니면서 예루살렘
　　　　성전을 헐어버린다 하였습니다.

가야바 : 무엇이라고 성전을 헐어? 내 멀쩡한 성전을 헌다는
　　　　게냐?

공회원 : 그건 저자가 마술로 사람들을 꾀어 자기 당으로 만들
　　　　려고 꾸미는 계획이 분명합니다.

장　로 : 더 우스운 것은 그 성전을 헐어 3일만에 다시 짓겠다
　　　　고 호언장담을 하고 떠벌렸다 합니다. 그것은 하나님과
　　　　전 유대교를 섬기는 사람들을 향한 모욕적인 언사입니
　　　　다. 속히 형벌을 내려야 합니다.

가야바 : (일어서서 예수에게로 간다.) 저 사람의 말에 너는 아
　　　　무 대답도 없느냐? 이 사람들이 너를 치는 증거가 어
　　　　떠하냐, 그게 참말이냐? 거짓이냐?

예　수 : (묵묵히 고개만 수그리고 있다.)

가야바 : 내가 너로 살아계신 하나님께 맹세하게 하노니 네가
　　　　하나님의 아들 그리스도인지 우리에게 말하라.

예 수 : (고개를 천천히 들어 가야바를 본다.) 네가 말하였느
　　　니라. 그러나 내가 너희에게 이르노니 이 후에 인자가
　　　권능의 우편에 앉는 것과 하늘 구름을 타고 오는 것을
　　　너희가 보리라.

가야바 : 뭣이라고, 이런 괘씸한 놈! (자기가 입고 있던 옷을
　　　찢으며 소리를 지른다.) 저가 참람한 말을 하였으니 어
　　　찌 더 증인이 필요하겠느냐, 너희들은 이 작자를 어찌
　　　했으면 좋다고 행각하느냐? (무리를 보며)

무리가 : 저 자는 사형에 해당합니다. 사형을 시키소서.
　　　(이때 예수의 뒤로 바리새인과 서기관들이 가서 머리를
　　　때리고 마구 희롱하며 침을 뱉는다.)

공회원 : 야! 그리스도야, 우리에게 선지자 노릇을 해 봐, 누
　　　가 널 쳤지?

서기관 : 한번 알아맞춰 보라니까, 네게 침 뱉고 발로 걷어찬
　　　사람을 알아 맞춰 봐.

바리새인 : 뭐! 성전을 부수고 다시 새것으로 짓겠다고? 애
　　　이 몰상식한 놈! 그 성전이 얼마나 오랫동안 지은것인
　　　데 함부로 입을 놀려!

장 로 : 왜! 이제 죽게 생겨서 서러우냐? 그러길래 누가 입
　　　을 함부로 놀려대라든? 그냥 조용조용히 산속같은데서
　　　사람들이나 꼬이지 그랬어.

가야바 : 이제 그만들 하라. 여봐라! 내일 이자를 끌고 빌라도
　　　총독에게로 갈 것이니 결박해서 옥에 가두도록 하라.

　　─병정 나와서 예수의 몸을 꽁꽁 묶는다.─

병　정 : 쯧쯧쯧 가엾은 사람, 저 사람들이 누구라고 함부로 대
　　　　적을 해. 어서 가자 !

—예수가 퇴장하자 모두들 손을 털며 한마디씩 한다.—

가야바 : 어서들 돌아가시오. 내일 새벽 날이 밝기전에 갈 것이
　　　　니 그때 빠짐없이 와서 증인들이 돼 주시오.

무　리 : 걱정마시오, 여부가 있겠습니까.

—가야바 무리 퇴장—

제 2 막 2 장

—다시 무대는 가야바궁의 바깥 뜰—

게하난 : 쯧쯧쯧 안되긴 안됐어. 그래도 내 어머니를 고쳐준 사
　　　　람인데.

비　자 : 무슨 상관이 있습니까? 아무튼 대제사장에게 잘못
　　　　걸리면 개죽음 당하기 십상이 아니오.

게하난 : 허긴 그렇지 그들을 대적한다는 것 자체부터 어리석
　　　　은 짓이니까. 그런데 아까 끌려갔던 안티바는 어찌됐는
　　　　지 궁금하군.

비　자 : 어찌되긴 뭘 어찌되요. 보나마나 태장을 맞고 실신해
　　　　있겠죠. 뭣 때문에 그러는지 원.

게하난 : 그래도 안티바에게 잘못이 없잖소. 참 선한 사람인데.

비　자 : 할수 없죠. 지가 파놓은 함정에 걸린 것인데.

게하난 : 그런데 가야바가 예수의 제자들까지 잡아들인다는데
　　　　그 자들이 불쌍해서 큰 일이군요.

비　자 : 그게 뭐가 큰일예요. 우리에겐 오히려 잘됐지.

게하난 : 그건 또 무슨 말이오?

비　자 : 아, 안그렇소? 제자들을 잡는데 도와주면 은 열냥이
　　　　나 준다잖소.

게하난 : 열냥씩이나요?

비　자 : 그래요. 예수는 그의 제자 유다에게 은 30냥에 넘어
　　　　갔잖아요. 그에 비하면 싼 편이지만.

게하난 : 하지만 우리에게 아무런 잘못도 하지 않았는데 무턱
　　　　대고 고발하면 되겠소?

비　자 : 아 어떻습니까? 이 참에 한 몫 챙기기만 하면 됐지.
　　　　그나저나 제자들이 죄다 어디로 도망갔는지 모르겠구
　　　　만. 자기 스승이 어찌됐는지 궁금하지도 않나.

게하난 : 왜 안궁금하겠소. 하지만 몸마다 현상금이 붙었는데
　　　　어찌 함부로 나다니겠소. 정말 끔찍한 일이요.

비　자 : 그들에게는 끔찍한 불행이지만 우리에겐 잘됐지 않았
　　　　소. 예수도 그가 가르친 제자에게 팔렸는데 우리야 죄
　　　　될게 없지 않소. 아니 저자는 어디서 많이 본것 같은데.

　　　－무대로 베드로가 등장한다.－

게하난 : 그래요. 분명히 예수의 제자가 틀림없는것 같아요. 수

염이 분명 닮았소.

비 자 : 잘됐네. 우리가 저자를 고발합시다.

게하난 : 그래도 난 그만두겠소.

비 자 : 싫으면 관두시오. 내가 고발해서 은 열냥을 다 챙기면
되지.

—비자가 허탄하게 앉아있는 베드로에게 간다.—

비 자 : 여보시오. 당신도 갈릴리 사람 예수와 함께 있었던 그
의 제자 맞죠.

베드로 : 아, 아니 이사람이 왜 이래, 눈에 헛개비가 씌었나. 사
람 잘못봐도 한참 잘못 봤소 !

비 자 : 틀림없는 것 같은데. 아니라면 할 수 없죠.(비자 게하
난에게로 다가간다.) 아니라고 시치미를 떼는 군요. 틀
림없이 그 사람 제자인것 같은데 말예요.

게하난 : 그냥 내버려 두시오. 그러다가 괜한 사람 누명 뒤집어
씌우지 말고.

—그때 서기관이 무대로 지나치면서 베도로를 본다.—

서기관 : 어, 이자는 베드로 맞아. 나사렛 예수와 함께 있는 것
을 내가 봤어.

베드로 : 왜들 자꾸 이러시오. 난 하늘을 두고 맹세하지만 그
나사렛 예수라는 사람을 알지못해요. 제발 날 그냥 내
버려 두시오.

서기관 : 미, 미안하게 됐오.

비 자 : 그 사람 꽤 괄괄하게 생긴게 말 잘못했다간 얻어터질
        것 같소. 여보시오 그냥 두고 이리오시오.

서기관 : (고개를 흔들며) 분명히 그의 제자 같은데.

바리새인 : (무대로 들어오면서 베드로를 쳐다보고 무리에게로
        다가 간다.) 여보시오들 저자가 예수의 제자 아니오?

비 자 : 그런것 같은데 아니라고 잡아떼는 군요.

바리새인 : 아니오. 저자는 틀림없이 그의 제자가 맞소. 어서
        고발해야 해요.

서기관 : 당신 눈에도 저자가 틀림없다고 생각되시죠. 나도 마
        찬가지고 이 사람들도 그렇다는데 저자가 속이는것 같
        아요.

바리새인 : 아니오, 다른 사람은 몰라도 우리눈은 속일수 없소.
        한번 우리가 한꺼번에 물어 봅시다.

무 리 : 좋아요.

바리새인 : 너도 진실로 그의 당이 맞아. 네 얼굴 모습이 그
        래 !

서기관 : 뿐만 아니라 네 말씨도 그걸 증명하고 있어 ! 어디서
        우릴 속일려고 들어 !

비 자 : 당신도 예수의 당이 맞지 !

베드로 : 이 보시오들, 난 그런 죄인을 알지 못해요. 난 그자를
        저주하고 성전을 두고 맹세하지만 아니란 말이오.

게하난 : (멀끔히 보고 있다가) 그냥 갑시다. 괜히 엉뚱한 사람

붙들고 그러지 말고.

─사람들 게하난의 말을 듣고 머리를 기웃거리며 퇴장. 주위가 조용해진다. 베드로 머리를 숙이고 있다. 이윽고 닭의 울음소리가 멀리서 희미하게 들리다가 크게 베드로의 귀에 메아리친다.─

베드로 : 아, 아니 이럴수가 내, 내가 주를 부인하다니 이, 이런
　　　　쳐 죽일놈. 주님, 주님(통곡을 한다.).
　　　　나를 용서하소서, 주여 (대성 통곡을 하며 밖으로 퇴장
　　　　한다.).

제 3 막   1 장

무대 : 새벽녘 빌라도의 궁안. 빌라도 앉아있고 무리들 옆에
　　　서 있다.

빌라도 : 그래, 이자의 죄목이 무엇인데 이리 새벽부터 왔는
　　　　가?

제사장 : 각하, 이 자가 역모를 꾸며 총독의 자리는 물론 로마
　　　　제국까지 대적하려 하였습니다.

빌라도 : 그게 무슨 해괴한 소린고?

장　로 : 대제사장의 말이 맞습니다. 자기를 친히 유대인의 왕
　　　　이라 하면서 군병들을 규합하는게 분명합니다.

빌라도 : 뭣이라고 유대인의 왕?

장 로 : 그렇습니다. 분명 유대인의 왕이라면서 떠벌렸습니다.

빌라도 : (예수를 향해) 네가 정말 유대인의 왕이냐?

예 수 : 네 말이 옳도다.

대제사장 : 그것 보소서. 저 자가 자칭 왕이라 하면서 역모를
꾸미고 있는게 분명합니다.

장 로 : 총독 각하께서 속히 저자를 엄단하지 않으면 민란이
일어날지도 모르옵니다. 저자를 사형에 처해야 합니다.

빌라도 : 죄인은 듣거라. 저희가 너를 향해 증거하는 말을 네가
들었으면 아무 대답이 없는 걸로 보아 시인하는 것이
냐?

예 수 : (말없이 고개만 약간 수그리고 있다.)

빌라도 : 허허, 그것참 이상한 일이로군. 누구나 죄를 증거하면
아니라고 발뺌 하는게 보통인데 이자는 이상한 사람이
군.

제사장 : 이상할게 없습니다. 자신의 죄를 인정하고 있기 때문
에 그렇습니다. 속히 벌하여 주소서.

빌라도 : 그것참, 여봐라 나르치스 장관, 그대 생각은 어떻소?
이런 일은 없었지 않소?

나르치스 : 총독각하. 이번 일을 간단하게 처리할 좋은 방법이
있습니다.

빌라도 : 그게 무슨 방법인가?

나르치스 : 명절을 당하면 죄수하나를 풀어주는 전례가 있지

않사옵니까?

빌라도 : 있지.

나르치스 : 그러니까 괜히 고민하시지 마시고 사형수 바라바와 저자를 무리 앞에 내놓고 그들이 원하는 사람을 풀어주면 될겁니다.

빌라도 : 오호라. 듣고보니 묘안이구만. 좋다. 그럼 사형수와 이 자를 무리앞에 내어 놓고 무리에게 묻도록 하겠다.

나르치스 : 예, 각하 (바라바 등장).

빌라도 : (일어서서 관객 앞으로 간다.) 너희는 내가 누구를 놓아주기를 원하느냐? 바라바냐? 그리스도라 하는 예수냐?
(무리가 아우성을 친다.)
　　　바라바요! 바라바를 놓아주시오. ──E·P

빌라도 : 그럼, 그리스도라하는 예수를 내가 어떻게 하기를 원하느냐?

무리 및 E·P : 십자가에 못박아 죽여야 합니다. 십자가에 달리게 하소서.

빌라도 : (시끄러운 소리를 등지고 돌아서서) 이 일이 도대체 어찌된 일인가. 저자가 무슨 흉악한 죄를 저질렀길래 저토록 아우성을 치는지 모르겠군.

나르치스 : 각하, 저들의 뜻대로 하십시오. 이러다간 민란이 일어날지도 모르겠습니다.

빌라도 : (다시 관객을 보고) 나르치스 물을 가져 오너라. (나

르치스 가서 물을 받쳐들고 들어온다.) 이 사람의 피에 대하여 나는 무죄하니 너희가 당하라.

무리 및 F·P : 그 피를 우리와 우리 자손들이 감당하겠나이다. 어서 십자가에 못 박으소서!

빌라도 : 여봐라. 이자를 당장 끌어내어 십자가에 못 박고 바라바를 놓아주거라.

나르치스 : 예, 각하.

ㅡ무대 조명 out E·P "예수를 십자가에 못박으소서"라는 군중의 함성이 커졌다 사라진다.ㅡ

제 4 막 1 장

무대 : 베드로의 은신처

ㅡ요한이 황급히 들어온다.ㅡ

베드로 : 어찌 되었소?

요 한 : 큰일 났소. 주님을 십자가에 못박으라는 군중들의 소요에 빌라도가 그들 앞에서 손을 씻고 말았소.

베드로 : 뭐요? (잠시 기도한 후) 주님!

요· 한 : 지금 십자가에 못박기 위해 골고다라는 언덕으로 끌고가고 있소.

ㅡ베드로 끝내는 오열한다. 이때 E. P 마 26 : 73~75

예수 나를 위하여라는 음악을 깔고 Narration.—

요 한 : (베드로의 등을 어루만지며) 베드로, 진정하시오.

베드로 : 어떻게 진정할 수 있겠소. 유대놈들에게 갖은 희롱을
       다 당하시면서 끝내는 십자가에 처형되다니, 주여!
       (눈물을 머금으며 요한을 보고) 이제 모든게 끝장 인가
       보구려.

요 한 : (한숨을 내쉬며) 그러게 말입니다. 다른 제자들은 몸
       에 현상금이 붙었다하여 죄다 피신을 했는데 우리도 어
       서 여기를 뜹시다.

베드로 : (울기만 한다.) 주여, 주여.

—E. P 베드로의 귓전으로 갖은 희롱소리가 들려 온다.—
＊우와하고 유대인의 왕이여 평안할찌어다.
＊에이 퉤퉤
＊그리고 또 있어. 이자가 왕이니까 왕관을 씌우자고 금빛
  찬란한 왕관을 말야. 이 가시관은 세상 어느 임금도 못써
  본 귀중한 왕관이라니까. (으.~ 윽—예수의 신음소리) 채
  찍소리, 군병들의 채찍소리(어서 가지 못해!) 사람들, 어
  서 못박아라! (이윽고 묵직한 나무에 대못 박히는 소
  리.) 예수님의 비명소리 들리자 베드로 더욱 오열한다. 사
  람들의 웅성거림과 예수님의 말씀이 조용히 베드로가 있
  는 곳으로 들려온다.
  "예수—내가 다 이루었다. 엘리엘리라마 사박다니" 예수의
  음성이 곧 그치고 심한 폭풍우와 땅이 진동하는 소리. 요
  란한 번개치며 휘장이 갈라지는 소리, 하늘이 어두워진다.

—E.P out—

베드로 : 주여, (흐느낀다)

요 한 : 이제 주님의 영혼이 떠나셨나 보구려.

　　－무대가 조용히 어두워졌다가 조금후 빛을 비추어 베드로
와 요한이 자고 있는 모습을 보여준다. 밖은 비가 계속 내린
다.

제 4 막 2장

요 한 : 주님은 참 훌륭한 분이셨는데.

베드로 : (한숨을 내쉬며) 누가 아니래요. 어서 이곳을 떠납시
다. 자꾸 불안하기만 하니 견딜수가 없구료.

　　－이때 거세게 나무문 두드리는 소리가 난다.－

요 한 : 아니, 누가 이 아침에 왔을까?

베드로 : 조심하시오. 군병들일지도 모르니.

　　－문밖에서 여인의 급한 소리들린다. "베드로! 베드로 문여
　　　세요."

베드로 : 아니, 이건 막달라 마리아의 음성이 아니오? 어서 열
　　　어주시오.

요 한 : (문을 열어준다.) 아니, 어쩐 일이요?

막달라마리아 : 크, 큰일났어요. 아, 아니 주, 주님이 부활하셨어
　　　요.

베드로 : 그 그게 무슨말이요. 주님이 부활하셨다니.

막달라마리아 : 주님께서 잡히시기전에 말씀하신대로 지금부활
　　　　하셔서 갈릴리로 먼저가셨어요.

요　한 : 뭐라고요?

베드로 : 정말 그 말이 참말이오.

막달라마리아 : 예, 그래요. 부활하신 주님을 지금 뵙고 오는
　　　　길이어요. 아침에 무덤에 갔더니 그 큰 돌덩이가 옮겨
　　　　져 있고 주님의 시신은 온데 간데 없어져 버렸어요.

요　한 : 아니, 그 큰 바위를 누가 옮긴단 말이오? 거긴 병정
　　　　들도 지키고 있었는데.

막달라마리아 : 제 얘기를 들어보세요. 아침에 막 당도해보니
　　　　주의천사가 돌을 굴려내고 그위에 앉아 있었는데 그 형
　　　　상이 번개같고 그 옷은 눈부시게 희었어요. 제가 놀라
　　　　기절할려고 할때 그 천사가 입을 열어 이렇게 말했어
　　　　요.

　　　“너희는 무서워 말라 십자가에 못박히신 예수를 너희가
　　　찾는 줄을 내가 아노라. 그가 여기 계시지 않고 그의
　　　말씀하신대로 살아나셨느니라. 빨리가서 그의 제자들에
　　　게 이르되, 그가 죽은자 가운데서 살아나셨고, 너희보다
　　　먼저 갈릴리로 가시나니 거기서 너희가 뵈오리라 하
　　　라”하기에 제가 이렇게 황급히 왔어요.
　　　어서 우리와 함께 갈릴리로 가요.

요　한 : 베드로 뭘 꾸물거리고 있어요. 갈릴리로 어서 가야지
　　　　요.

베드로 : 주, 주님이 살아 나셨다니, 오 할렐루야 !
　　　　(E.P 헨델의 메시아가 무대에 갈린다.)
　　　　어서, 어서 갑시다. 빨리가서 부활하신 주님을 만나봅시
　　　　다. "오 주여"

　　-황급히 퇴장. 무대로 크게 헨델의 메시야가 울려 퍼지면서
　　　주님의 음성이 들린다.-

　　　"하늘과 땅의 모든 권세를 내게 주셨으니, 그러므로 너
　　　희는 가서 모든 족속으로 제자를 삼아, 아버지와 아들
　　　과 성령의 이름으로 세례를 주고 내가 너희에게 분부한
　　　모든 일을 가르쳐 지키게 하라. 볼찌어다 내가 세상 끝
　　　날까지 너희와 항상 함께 있으리라" Narration out

메시야 합창곡은 일시적으로 크게 했다가 점점 줄어 막을
　　　내린다.

all out

6. 가장 소중한 일
<어린이用>

■ 나오는이 : 병국, 승일, 기진, 봉태, 영빈, 총무, 고물장수,
　　　　　　 승일엄마, 봉태엄마, 영빈엄마, 병국엄마,
　　　　　　 병국아빠, 노인(원장), 의사　총 14명

✳ 연출지도

　이 극은 어린이용 이므로 내용이 어렵지 않다. 또한 어머니와 자녀들이 함께 연출할 수 있는 극이므로 진행상 무리가 없다고 생각된다. 가능하면 부모와 함께 출연해서 극을 상연하면 한층 돋보일 것이나 그렇지 못하더라도 적임자를 연출자분은 잘 선정해서 본 극이 가르치고자 하는 메시지를 충실히 전달했으면 한다. 출연진이 많지만 나름대로 많은 사람이 등장해서 한마디라도 하도록 만들어 놓았다. 특히 연출자분은 무대가 혼란하지 않도록 신경 쓰시기를 바란다.

제 1 막

무대 : 아이들이 길가에 지나치다말고 학교에서 있었던 일을
애기한다.

병 국 : 야, 봉태야, 아까 국어시간에 선생님이 물어본 소원을
　　　왜 애기 못했냐?

승 일 : 그러게 말이야. 애네들은 벙어린가 봐, 공부시간만 되
　　　면 말한마디 못하고 말야,

기 진 : 야, 우리가 왜 벙어리야! 우린 벙어리가 아니라구.

병 국 : 그런데 왜 아까 소원을 애기 못했냐.

기 진 : 그건 생각이 안나서 그랬지 뭐.

승 일 : 봉태 너두 생각 안나서 그랬냐?

봉 태 : 아니, 나도 생각이 났지만 반장이 아무말 않길래 가만
　　　있었어.

병 국 : 뭐야, 반장이 아무말 않고 있다구 너두 가만 있었
　　　어? 이런 머저리.

봉 태 : 내가 왜 머저리야?

병 국 : 그렇잖아, 반장이 죽으면 같이 따라 죽을 거냐?

봉 태 : 그건 아니지만……

승 일 : 놔둬. 봉태는 반장 말이라면 죽는 시늉까지 한다니까.

병 국 : 그런데 정말 대단 하던데, 소원들이 말이야.

기 진 : 정말이야, 우리 반에서도 대통령 되겠다는 애가 다섯 명이나 됐잖아. 병국이 너도 그랬잖아. 대통령이 되겠다구.

병 국 : 그럼, 난 꼭 대통령이 되고 말테야, 그래서 우리나라에서 제일 힘센 사람이 될거라구.

봉 태 : 대통령이 제일 힘이 세냐?

병 국 : 넌 T·V도 안봤냐? 대통령만 지나가면 모두 인사하고 박수치는 걸, 대통령이 세상에서 가장 최고라구.

기 진 : 그건 병국이 말이 옳아, 대통령보다 높은 것은 세상에 아무것두 없어.

승 일 : 하지만, 우리 아빠는 대통령이 T·V에 나오기만 하면 욕을 하던데 ?

병 국 : 아니, 너희 아빠가 욕을 하더라구 ?

승 일 : 응, 아빠는 대통령이 마음에 안드는 모양이야, 순 거짓말장이라나 뭐라나.

병 국 : 그럼 넌 뭐가 되고 싶으냐 ?

승 일 : 난 의사가 될꺼야. 의사가 되어서 병에 걸린 사람을 고쳐주고 돈도 많이 벌꺼야.

봉 태 : 그럴려면 넌 공부를 많이 해야겠다. 의사가 될려면 울 엄마가 그러는데 아주 공부를 많이 해야 된대.

승　일 : 그건 나도 알아. 하지만 열심히 공부할 수 있어.

기　진 : 난, 장군이 될건데 (풀 죽은 소리로 끼어들듯).

봉　태 : 장군?

기　진 : 그래 장군, 허리에 권총을 차고 많은 군사들을 이렇게 호령할거야 전체 차려! 열중 쉿!

병　국 : 하하하 제법인데 하지만 장군도 대통령보다는 높지않아. 물론 돈이야 많이 벌겠지만. 봉태야, 너는 뭐가 될꺼니?

봉　태 : 글쎄, 난 되고 싶은게 없어. 그냥 많이 먹고 재있게 놀고싶어.

병　국 : 이런 바보, 그런게 어딨냐! 놀면 누가 돈을 준대?

봉　태 : 하지만 되고 싶은게 없는걸 어떻게 해.

기　진 : 그만 둬, 봉태하고 반장은 되고 싶은게 없으면 나중에 거지가 될테지, 그때 우리가 백원씩 주면 먹고 살수 있잖아.

승　일 : 아니야, 봉태네 아빠는 인형공장 사장이야, 봉태가 돈이 없어서 굶을 일은 없을 걸, 우리 중에서 제일 부자잖아

기　진 : 뭐가, 봉태네가 제일 부자냐, 우리집이 제일 부자다. (자랑하듯)

승　일 : 너네집이 왜 부자야? 봉태아빠는 사장이야 사장.

기　진 : 사장이면 뭐해, 그래도 우리집이 제일 부자라고, 사장

이면 단가.

승　일 : 그럼 너네집에 자가용 있니 ?

기　진 : 있어, 왜 너도 타봤잖아.

병　국 : 아냐, 기진이 너네집 차는 봉태네집 차보다 싼차야,
　　　　봉태아빠차는 외제차라구.

기　진 : 뭐 ? 외제차만 있으면 제일인가.

승　일 : 그럼 너네집 골프채 있니 ?

기　진 : 있어, 그것도 열개가 넘어.

병　국 : 그럼 사냥총두 있어

기　진 : 아, 아니 그건 없어.

승　일 : 그것봐. 너네집은 봉태네집보다 가난하잖아.

기　진 : 치, 사냥총 그까짓거 내가 커서 돈벌어 사면되지 뭘그
　　　　래 !

병　국 : 네가 사냥총사면 난 기관총 사겠다.

승　일 : 나도.

기　진 : 그럼 나도 기관총사지.

병　국 : 그럼 난 탱크 사겠다.

기　진 : 탱크를 어떻게 사.

병　국 : 왜 못사 ! 돈 벌어 사면되지.

승　일 : 돈을 벌어 정말 탱크를 살수 있을까?

병　국 : 그럼 왜 못사.

봉　태 : 그 탱크로 뭘 할 건데?

병　국 : 뭘 하긴 자랑하고 다니지.

기　진 : 야, 관둬 누가 너 같은 꼬마한테 탱크를 파냐. 지금까
　　　　지 탱크 산 사람 한번두 못봤다 뭐.

승　일 : 그만 싸우자. 그런것 갖구 싸우니. 근데 반장은 공부
　　　　도 잘하고 똑똑한데 왜 아무말 안했을까?

병　국 : 그거야 걔네집이 가난 하니까 그렇지.

기　린 : 가난하면 아무것두 못되나?

병　국 : 그럼, 돈이 있어야 무엇이든지 될 수 있다구.

기　진 : 정말 돈만 있으면 무엇이나 될 수 있을까?

승　일 : 그러니까 반장 영빈이가 아무말 못했지.

봉　태 : 맞어, 승일이 말이 맞는것 같아.

기　진 : 뭐가 맞는다는 거야?

봉　태 : 영빈이가 돈 없기 때문에 소원을 말 못한것 같다. 그
　　　　래서 걔가 지금 신문 배달을 하나 봐.

승일, 기진, 병국 : 신문 배달?

봉　태 : 그래, 걔가 우리집 신문도 배달해 주는데….

병　국 : 정말이니?

봉　태 : 그렇다니까.

승　일 : 그럼 걔도 뭐가 되고 싶어서 돈을 버는구나.

기　진 : 그렇겠지, 자 우리 어서 집으로 가자. 학원갈 시간이
　　　　다 됐어.

모　두 : 그래.

　─퇴장─

제 2 막

　무대는 신문을 잔뜩 들고 서있는 영빈과 어느 노인집

영　빈 : (누굴 기다리며 서 있다. 시계를 들여다 보며) 어, 총
　　　　무님이 올 시간이 넘었는데 왜 여태 안오시지.

　─막 총무가 신문 한 꾸러미를 들고 나타난다.─

총　무 : 아이구 내가 늦었지, (신문을 바닥에 놓는다.)

영　빈 : 괜찮아요. 바쁘셨을 텐데요.

총　무 : 그런데 이 지난 신문들은 죄다 뭐에 쓸려구 매번 달
　　　　래는 거니 ?

영　빈 : 어디 쓸데가 있어서 그래요.

총　무 : 이 신문들을 어디다 쓰게 ? 네가 벌써부터 신문기사
　　　　스크랩할리는 없구.

영　빈 : (웃으며) 아네요. 총무님 제가 스크랩할 기사가 어디
　　　있어요. 어른들 신문은 이해도 잘 안되는데요.

총　무 : 그럼 그동안 그렇게 많이 가져간 종이를 다 어디다
　　　쓰고 계속 달래는 거야 ?

영　빈 : 총무님은 모르셔도 돼요. 별거 아니고 그냥 필요해서
　　　요.

총　무 : 그건 그렇고 (주머니에서 흰 봉투를 끄집어 낸다.) 옛
　　　다. 한달치 월급.

영　빈 : 나, 오늘이 월급날이었지요.

총　무 : 그래, 난 네가 월급을 받은줄 착각하고 있었어. 너두
　　　월급얘기는 안하길래 말이야, 그런데 왜 봉투는 두개씩
　　　준비하는 거야 ?

영　빈 : 엄마한테는 미안하지만 돈도 어디다 좀 쓸데가 있어
　　　서요.

총　무 : 돈도 어디다 쓴다고 ? 아니, 얼마나 ?

영　빈 : 제가 받는 월급의 반요.

총　무 : 아니, 반씩이나 네 맘대로 쓸려구 ?

영　빈 : 예.

총　무 : 엄마한테는 허락 받은거야 ?

영　빈 : 아니요. 그래서 총무님만 알고 계시라고 했잖아요.

총　무 : 아니, 나만 뭘 알고 있으라고 했어 ? 나한테도 아무

　　　　말이 없었잖아 그냥 월급을 반만 나눠 달라고만 했지.

영　빈 : 그 얘기가 그 얘기예요.

총　무 : 뭐? 그얘기가 그애기라고, 난 도무지 이해를 못하겠
　　　　구나.

영　빈 : 염려하지 마세요. 나쁜데 쓸 것이 아니니까요.

총　무 : 그래도 엄마를 속이는 일은 옳은 일이 아니야.

영　빈 : 그건 저도 알지만, 이 일은 어쩔 수가 없어서 그래요
　　　　엄마도 알면 이해를 하실거예요.

총　무 : 아무튼 넌 너무 비밀이 많아 그래서 답답할 때가 많
　　　　다구.

영　빈 : 죄송해요. 답답하게 해드려서.

총　무 : 좌우간 네 월급이니 네가 알아서 잘하겠지, 그럼 난
　　　　그만 가 봐야겠다. 내일 늦지않게 보급소에 나와라 알
　　　　았지?

영　빈 : 예, 총무님.

　　─총무 퇴장. 잠시후 고물아저씨 가위들고 등장. 영빈이가
손짓하며 부른다.─

영　빈 : 아저씨, 아저씨 여기예요.

　　─고물아저씨 저울을 들고 등장─

고물장수 : 너 여기 있었구나. 그래 신문은 얼마나 모았니?

영　빈 : 여기있는게 전부에요. (신문을 가리키며)

고물장수 : 으 응, 그래도 많이 모았네. 어디 한번 달아 볼까 ?

　─고물장수 신문을 저울에 올려놓고 근수를 잰다.─

고물장수 : 다섯관이 조금 못되는 구나. 네가 이제까지 내게 판
　　　　　신문이 모두 칠십관이 될꺼야, 그리고 병도 소주병이
　　　　　214개, 맥주병이 400개 오늘 계산해 줘야겠지 ?

영　빈 : 그러면 더욱 좋죠. 그동안 계속 드리기만 했지 돈은
　　　　못받았잖아요.

고물장수 : 어디 그럼 계산좀 해볼까(안주머니에서 계산기 꺼
　　　　　낸다.) 소주병이 하나에 10원, 그러니까 $10 \times 214 = 2140$
　　　　　원, 맥주병은 20원이니까 $20 \times 400 = 8000$원　만원이 넘
　　　　　는구나. 모두 10140원이네 그리고 신문은 1관에 115원
　　　　　이니까 $115 \times 70 = 8050$, 10140 더하기 $8050 = 18190$원이
　　　　　네. 좋아 아저씨가 10원을 더 보태서 18200원을 주마
　　　　　(주머니에서 돈을 꺼낸다.) 어때, 적지는 않지 ?

영　빈 : (받으며) 그럼요. 정말 고마워요.

고물장수 : 고맙긴 나도 너때문에 도움이 되는데 자 다음에 또
　　　　　보자.(신문과 저울을 들고 퇴장)

영　빈 : (월급봉투와 돈을 보며 미소짓는다.) 이거면 충분하겠
　　　　어. 빨리가자.

　─영빈 퇴장. 뒤에서 구경하던 병국과 승일 등장─

병　국 : (영빈이가 나간 쪽을 보며) 정말 봉태말이 맞구나. 영
　　　　빈이가 신문배달을 하고 있었어.

승　일 : 그뿐이 아니잖아. 신문도 팔아서 지금 월급을 받는것

같던데.

병　국 : 이런 바보, 그건 월급이 아니야. 신문을 판 돈이지.

승　일 : 어쨌든 돈을 받긴 받았잖아.

병　국 : 그럼 반장이 너무 가난해서 소원을 말하지 못했던 것
　　　　일까?

승　일 : 지금으로는 몰라. 저렇게 돈을 들켜쥐고 어디론가 달
　　　　려가잖아.

병　국 : 어디를 갔을까?

승　일 : 어디긴 어디야, 은행이겠지.

병　국 : 은행?

승　일 : 그래, 은행. 거기다 저금을 해두고 이다음에 소원을
　　　　말할려고 그러는 모양이야.

병　국 : 벌써부터 돈을 모으니 어른이 되면 정말 많이 모으겠
　　　　는데.

승　일 : 정말이야. 우리 엄마가 그러는데 사람이 돈 맛을 알면
　　　　일에 미친데 반장이 지금 돈 맛을 알았나 봐.

병　국 : 돈에 무슨 맛이 있다구 그래? 네가 먹어 봤어?

승　일 : 그건 나도 몰라. 울엄마가 그랬어. 의심나면 울엄마한
　　　　테 가서 물어봐. 내가 뭐 거짓말쟁인줄 알아.

병　국 : 알았어, 그건 나중에 하기로하고 어서 영빈이를 미행
　　　　해 보자. 은행갔다가 또 무슨일을 하는지 말이야.

승 일 : 그래.

―승일, 병국 퇴장―

제 3 막

―길거리, 시장갔다오는 아이 엄마들의 대화―

봉태엄마 : 요즘 물건값이 비싸서 시장 나가봤자 살게 없더군
요. 승일엄마는 뭘 좀 사셨어요.

승일엄마 : 저도 마찬가지예요. 워낙에 살건 많고 돈은 없어서
그냥 김치하고 먹을 수 밖에 없지요 뭘.

봉태엄마 : 그래도 요즘 물가는 하루가 다르게 뛰는 것 같아
걱정예요. 뭐 하나 오르기만 하면 이것저것 죄다 오르
니 말예요.

승일엄마 : 그래도 봉태엄마는 돈이 많은데 뭘 그렇게 걱정하
세요. 걱정은 우리 서민들이 더하지요.

봉태엄마 : 어휴, 그건 승일엄마가 모르고서 하는 말예요. 애
아빠가 사업한답시고 벌려놓은 돈이 이만저만 아니라구
요. 그것이 뭐 저희 돈 갖구 한 것인가요. 모두 빌린 돈
이지요.

승일엄마 : 그래요? 그 얘기는 금시초문인 것 같네요. 하지만
우리 서민들같이 어렵진 않겠지요. 우린 무, 배추값 때
문에 걱정이지만 봉태엄마는 소고기가 물먹인 것이냐
아니면 한우냐 수입고기냐에 관심이 클 것 같은데요.

봉태엄마 : (뽐내듯) 그건 승일엄마의 말이 맞아요. 서민은 서
민대로 우리같은 부유층은 부유층 나름대로 고민이 많
다구요. 어휴 내정신좀 봐! 봉태가 올시간인데, 그럼
먼저 갈께요. 승일엄마는 살것이 더 있다면서요?

승일엄마 : 예. 요 앞 건어물 상회에서 국수를 사야해요.

봉태엄마 : 그럼 다음에 또 봐요.

　ー봉태엄마 퇴장ー

승일엄마 : 치! 누가 저보고(봉태엄마 퇴장한 쪽을 보며) 돈
꿔달라고 했나? 지레 죽는 소리를 해, 돈 있으면 다야,
어이그 돈 벌레같은 여자같은 이라구! 죽어서 돈 싸가
지구 가냐! 그나저나 이일을 어쩐다? 당장 돈 오십만
원을 어디서 꾸나?

　ー이때 병국엄마 등장ー

병국엄마 : 아니, 여기서 뭘 중얼거려? 꼭 정신나간 사람같잖
아.

승일엄마 : 어, 응 시장 갔다가 오는 길에 봉태엄마를 만났어.

병국엄마 : 봉태엄마? 그 인형공장 사장부인.

승일엄마 : 그래.

병국엄마 : 그런데 왜 등뒤에 대고 화풀이야?

승일엄마 : 누가 화풀이를 해? 괜히 속상해서 그랬지. 누가 저
보고 돈 꿔달라고 했나. 보자마자 굶어죽는 소리야.

병국엄마 : 원래 돈 많은 사람이 더 죽는 소리를 한다구 몰랐

어? 그런데 돈 꾸는 것 어떻게 됐어. 시동생 다음달에 장가간다면서.

승일엄마 : 몰라. 나도 이젠 모르겠어. 없는 돈을 어디서 꾸란 말이야.

병국엄마 : 왜좀 부드럽게 봉태엄마한테 말해보지 그랬어.

승일엄마 : 뭐라구? 나보다 더 죽는 소릴 하는데 무슨 소리를 하라고.

—이때 영빈엄마 등장—

영빈엄마 : 아니, 여기서 뭣들 하세요.

승일엄마 : 아이, 안녕하세요. 지금 끝나셨나 보죠?

영빈엄마 : 예, 오늘은 잔업이 없는 날예요. 그런데 왜들 그렇게 서 계세요.

병국엄마 : 그냥요. 승일 엄마가 봉태엄마에게 돈을 꾸려했는데 잘 안됐나 봐요. 그래서….

영빈엄마 : 아니, 얼마나 필요한데 그러세요. 듣기로는 다음달에 시동생 장가 간다면서요. 그래서 돈이 좀 필요한 모양이죠?

승일엄마 : 예 (풀죽은 목소리).

영빈엄마 : 제게 저금해 둔 돈이 있는데 조금 빌려드릴까요? 많지는 않지만 같은 교회에 다니면서 서로 등돌릴 필요는 없잖아요.

승일엄마 : 아니, 정말 그렇게 해주시겠어요.

영빈엄마 : 그러세요. 어려울때 서로 돕고 사는게 당연한 거 아
　　　　닌가요?

병국엄마 : 정말 영빈엄마는 좋은 분이예요. 그러니 하나님이
　　　　축복해서 아들도 총명한 아들 두시고, 정말 복을 많이
　　　　받으실 거예요.

영빈엄마 : 뭐 그런 것가지구. 급하시면 저희 집으로 같이 가세
　　　　요.

승일엄마 : 이렇게 고마울 때가.

병국엄마 : (승일엄마를 보며) 뭐해, 어서 같이 다녀오지 않구.

승일엄마 : 그, 그래 그럼 이따가 봐.

영빈엄마 : 안녕히 가세요. 병국 어머니.

병국엄마 : 예, 영빈엄마도 잘 가세요. 다음에 또 봐요.

　　－퇴장－

　　－무대로 병든 노인이 등장한다. 추워보인다.－

노 인 : 콜록, 콜록－ (술병을 들고 자리에 앉아서 술을 마신
　　　　다. 계속 기침을 한다.)

　　－이때 병국과 승일이 등장－

병 국 : 야, 승일아 저번에 봤던 그 거지할아버지야, 아휴 이
　　　　냄새 이건 꼭 화장실 변기통에서 나는 것 같은데(코를
　　　　막으며 손바닥으로 부채질)

승 일 : 정말 그래, 어휴 더러워 못있겠다.

병　국 : 야, 그러지말구 우리 저 거지할아버지를 좀 놀려줄
　　　　까?

승　일 : 놀려 줘? 어떻게?

병　국 : 뭘 어떻게 해 여기있는 돌을 던지고 도망가지.

승　일 : 그러다가 쫓아오면 어떻게 해.

병　국 : 이런 바보. 무슨 할아버지가 뛰어다니냐! 저 거지할
　　　　아버지는 다리에 힘도 없어서 지금 땅바닥에 주저 앉아
　　　　있잖아.

승　일 : 그래도 다치면 어떻게 해.

병　국 : 아니, 그 주위에다 돌을 던지고 메롱하면서 도망가자
　　　　구.

승　일 : 그러다가 교회 선생님한테 야단맞을라구?

병　국 : 야이 바보야! 여기에 교회선생님이 어딨어. 너하고
　　　　나, 그리고 저 거지 할아버지밖에 없는데.

승　일 : 그럼 너나 던져 나는 구경만 할께.

병　국 : 좋아 던지기 싫으면 그만둬, 나만 던질께.

승　일 : 잠깐만! 저 할아버지가 이상해.

병　국 : 뭐가 이상해 추워서 그렇지. 자 너는 보기만 해(돌을
　　　　줍는다.) 애 잇, 이 거지야 세수나 해라 메롱.

　　─둘다 도망간다. 돌이 노인의 등에 맞는다. 노인 쓰러진다.
다시등장─

승　일 : 이상해, 할아버지가 안 일어나.

병　국 : 술 취해서 그럴거야 내가 다 알아.

승　일 : 근데 왜 꼼짝도 안해.

병　국 : 그건 우리를 유인해서 잡을려구 그래, 저 할아버지 얼
　　　　마나 무서운데, 어쩜 우리같은 애 다섯명은 더 죽였을
　　　　꺼야.

승　일 : 누가 그래?

병　국 : 맞어, 기진이가 그랬어. 저 할어버지가 틀림없댔어.

승　일 : 병국아, 저 할아버지 일어나기전에 빨리 도망가자
　　　　웅!

병　국 : 그래, 재미없다. 다른 때 같으면 막 넘어지면서도 쫓
　　　　아왔는데 오늘은 그냥 가자.

　　─승일과 병국 퇴장, 노인 무대에 그냥 쓰러져 있다.
조명 out─

제 4 막

　　─병국이의 집 아빠 신문보고 엄마는 병국이의 숙제를 돕고
있다.─

병국엄마 : 자, 됐다. 이런 것쯤은 앞으로 너혼자 해결할 수 있
　　　　　도록 해. 숙제라는 것은 스스로 하는 것이야.

병　국 : 알았어요.

병국엄마 : 그래야지. 대통령도, 국무총리도 될 수가 있지. 이
　　　　　　엄마는 네가 그렇게 되기를 하나님께 빌꺼야.

병국아빠 : (신문을 바닥에 내려놓고 보면서 중얼거린다.) 참,
　　　　　　세상엔 훌륭한 애들도 많아. 여기 보라구. 14살 먹은 소
　　　　　　녀가장 얘기. 정말 눈물겹군.

병국엄마 : 뭐가 그리 눈물겹다구 그래요? 다 자기가 타고난
　　　　　　팔자지.

병국아빠 : 그래도 그런게 아니요. 세상은 사람들끼리 서로 돕
　　　　　　고 살게 되어 있어요. 이렇게 신문에 내보내는 이유도
　　　　　　이 소녀를 도와 달라는 얘길거요. 아무렴 도와줘야지,
　　　　　　도와줘야 하고 말고.

병국엄마 : 그럴 돈 있으면 나나 줘요. 고기나 사먹게. 요즘들
　　　　　　어 병국이가 1kg은 빠진것 같아요. 일주일에 적어도 세
　　　　　　번은 고기를 먹어야 건강하다고요.

병국아빠 : 그깟 고기좀 안먹으면 어떻소, 고기 안먹고도 얼마
　　　　　　든지 튼튼하게 자랐는데 그래요.

병국엄마 : 돈 없으니까 괜히 엉뚱한 소리는…… 병국이가 나
　　　　　　중에 뭐가 될줄 알고 이렇게 푸대접예요. 대통령이 되
　　　　　　면 구박받을려구 그래요?

병국아빠 : 얼씨구? 대통령? 아니, 걔가 대통령이 돼서 왜날
　　　　　　푸대접해. 그만큼 뒷바라지 해서 키워 줬으면 됐지.

　　—이때 문두드리는 소리, 숭일 엄마 목소리—

승일엄마 : 똑.똑.똑 계세요. 저 승일엄마요.

병국엄마 : 아니, 이 밤에 왠일이지(일어나서 맞이한다.) 어쩐
          일예요. 저녁에 ?

승일엄마 : 크, 큰일 났어요.

병국엄마 : 그, 글세 애들이 일을 저질렀어요. 요 밑 굴다리 근
          처 판자집에 사는 김씨노인을 애들이 돌던져서 지금 병
          원으로 실려갔대요.

병국엄마 : 그, 그게 무슨 소리예요. 애들이 돌 던진거하고 내
          가 무슨 상관이라고 큰일이나요.

승일엄마 : 글쎄 그게 아니고 우리 승일이가 그러는데 병국이
          가 돌을 던졌대요.

병국엄마 : 뭐라구요? 아니 병국이가 왜 김노인에게 돌을 던
          져요?

승일엄마 : 아무튼 시립병원으로 빨리 가보세요. 전 이만 가 봐
          야겠어요. 우리 승일이는 아무 잘못도 안했다구요.

     ―승일엄마 곧바로 퇴장―

병국엄마 : 저, 여자가 저녁밥을 잘못 먹었나 왜 저모양이야!
          (병국을 돌아보며) 병국아, 승일엄마 말이 무슨 애기
          냐? 설마 네가?

병 국 : (놀라며) 아, 아네요. 제가 왜 돌을 던져요?

병국아빠 : 병국아 바른대로 대답해 봐, 방금 승일어머니가 한
          애기가 그럼 무슨 애기야.

병　국 : 저, 전 모, 모르는 얘긴걸요. 정말 몰라요. 제가 있을때
　　　　는 이미 쓰러져 있었는걸요.

병국아빠 : 그러니까 네가 김노인에게 돌을 던졌어 안던졌어
　　　　　그거나 말해봐 !

병　국 : 안던졌어요. 정말예요.

병국엄마 : 아니, 안던졌다는데 왜 애를 가지고 나무래요 !

병국아빠 : 정말 안던졌니 ?

병　국 : 더, 던지긴 던졌지만 몸에 맞지는 않았다구요.

병국아빠 : (버럭 화를 내면서) 뭐야, 이녀석이 뭐가 될려구. 너
　　　　　이리와 오늘 아빠한테 혼좀 나야겠다.

병국엄마 : 왜 이래요 !　안맞았대잖아요. (애를 등뒤에 숨기
　　　　　며) 그리고 그깟 거지같은 노인에게 철모르는 애가 장
　　　　　난좀 친걸 갖고 왜 야단예요 ? 정말 별 꼴이네.

병국아빠 : 뭐야 ! (일어나서 웃 옷을 입으며) 이사람이 자식
　　　　　교육을 어떻게 시키고 있는지 모르겠네. 누굴 깡패로
　　　　　만들라고 그러나,

병국엄마 : 그게 무슨 악담예요. 깡패라뇨 !

병국아빠 : 그만 둡시다. 내가 병원 다녀 올테니, 어디 이 녀석
　　　　　병원 다녀와서 보자.

　　－아빠퇴장－
　　－울먹이는 병국을 끌어 안으며－

병국엄마 : 놀랬지, 우리 귀여운 왕자님이 어떻다고 저야단들인

지 모르겠네 괜찮아, 이 다음에 대통령이 될려면 사람을 무시하는 것도 알아야 돼. 그까지 거지같은 노인에게 돌을 던진게 자랑스러운 일이지 왜 애만 가지고 야단인지 모르겠네. 괜찮다. 병국아 이 엄마가 지켜줄께.

—4막 out—

제 5 막

—병원 : 김노인 누워있고 옆에 영빈이 있다.

영　빈 : 할아버지, 왜 술을 드셨어요. 저하고 약속해 놓구서.

노　인 : (힘없이) 미안하다. 다음에는 안그럴께.

영　빈 : 다음에는 정말 그러지 마세요. 제가 신문 배달하고 받은 월급으로 집에다 쌀도 사놓고 주인 아줌마에게 방세도 줬어요. 그러니까 걱정없어요.

노　인 : 정말, 너 한테는 할말이 없구나.

영　빈 : 할아버지가 약속을 안지키시면 제가 슬퍼요. 그러니까 꼭 약속을 지키셔야 돼요.

노　인 : 으응, 알았다.

영　빈 : 그리고 내일 모래 주일날은 꼭 교회를 저랑같이 가요 예?

노　인 : 그래.

영 빈 : 그럼 전 신문 배달하러 갔다 올께요.

　　－영빈 퇴장－　야바가 예수의 제자들?
　　－잠시후 의사와 승일엄마 병국아빠 등장－

의 사 : 좀 어떠세요. 불편하신데는 없죠.

노 인 : 고개만 끄덕인다.

의 사 : 정말 다행입니다. 조금만 늦었어도 추운 날씨에 위험
　　　　할 뻔했어요.

병국아빠 : 어디 몸 다치시진 않았나요?

의 사 : 예, 다치시지는 않았습니다. 그런데 영빈이란 꼬마가
　　　　아주 훌륭하던데요.

승일엄마 : 예? 훌륭하다뇨?

의 사 : 그 아이가 없었으면 아마 이 노인은 지금쯤 심장이
　　　　얼어서 돌아가셨을 겁니다. 다행히 영빈이란 아이가 발
　　　　견했기 망정이지.

병국아빠 : 그랬군요.

의 사 : 게다가 그 아이가 신문을 돌리면서 그간 이 노인을
　　　　돌보고 있었다는군요.

승일엄마 : 예?

병국아빠 : 뭐라구요?

의 사 : 아이가 하도 기특해서 이 노인의 병원비를 일체 받지
　　　　않기로 했습니다. 요즘 보기드문 아이입니다.

승일엄마 : 아니, 걔가 그런일을…

병국아빠 : 정말 훌륭한 일을 했군요. 어린 아이로서는… 세상
은 정말 아름다운 데가 많아요. 둘러보면.

의　사 : 그건 또 무슨 말씀이십니까?

병국아빠 : 아, 예 제가 집을 나서기 전에 신문을 보고 나오던
길이거든요. 근데 영빈이가 신문에서 봤던 아이와 너무
닮아서요.

승일엄마 : 아니, 그렇게 똑같이 생겼나요?

병국아빠 : 그게 아니고 하는일이 너무 착해서 하는 애깁니다.
우리 병국이 녀석은 언제 영빈이 같은 착한일을 할지
어이그….

승일엄마 : 승일이모 그랬으면 좋겠어요.

의　사 : 맞습니다. 저도 어려서는 무척 가난하게 살았지만 가
난한 중에도 서로 돕고 산 경험이 있지요. 그래서 이렇
게 하나님의 축복을 받아 의사를 하게 된 것으로 생각
됩니다. 저는 믿어요. 착한 일을 하는 아이는 하나님이
그는 꼭 돌보시고 지켜주신다는 것을 영빈이는 정말 훌
륭한 사람이 될겁니다. 저도 못해본 일을 했으니까요.

병국아빠 : 의사선생님 말씀이 맞아요. 세상에서 아무리 훌륭한
일이 많이 있다지만 이보다 더 감동적인 일이 있겠습니
까. 남을 도와준다는 일이 어디 쉽겠어요.

승일엄마 : 그러고 보니 그집안은 참 이상하네요?

의　사 : 뭐가 말입니까?

승일엄마 : 영빈엄마도 불쌍한 사람을 잘 도와 주거든요. 아마
　　　　　영빈이가 엄마를 쏙 빼 닮았나봐요.

병국아빠 : 그럼 어디 가겠습니까?

의　사 : 더군다나 하나님을 믿는 집안인데요. 우리한번 지켜보
　　　　자구요. 착한 마음을 가지고 있는 어린이의 미래와 그
　　　　렇지 않은 아이들의 미래를요.

승일엄마 : 예?

의　사 : 아, 아니 두고두고 영빈이를 지켜 보자구요.

승일엄마 : 아, 예.

　－끝－

7. 어부의 노래
<청년부用>

■ 나오는이 : 어부, 수복, 김씨, 고집사, 봉학, 도식, 청수
　　총 7명

* 연출지도

이 극은 몰락해가는 농촌의 한 젊은이를 대상으로 꾸민 대본이다. 종래의 성극대본 자료가 우리 현시대의 생활을 배재한 경향이 있어 동시대 사람으로서는 공감대를 형성하는데 좀 무리가 있었다. 신앙이란, 시대와 환경을 초월해서 공유할 수 있는 것이지만 가능하다면 현실에 뿌리박고 있는 사람들의 생활속에서 승화되는 신앙의 아름다움과 깊이가 무엇보다도 중요하리라 생각이 된다. 그런면에서 이 대본은 어떤 충분한 감동은 주지 못하더라도 동시대인들이 한 번쯤 생각해 볼 시간을 준다는 점에서 가치가 있다 생각이 된다. 무대는 필자가 살았던 지역을 중심으로 한 것이며 줄거리 역시 대부분은 사실이었지만 지금은 모두 서울 어딘가로 젊은이들이 올라와 있다. 교회도 역시 비어있다. 가슴 아픈 일이다.

제 1 막

막이 오르면 어부 들통을 들고 해변에서 막 올라와 통을 놓고 자리에 힘없이 앉는다.

어　부 : 어이, 시원하다. 거, 바람 한번 기가 막히는 구면. (어부 들통을 들여다보며 자리에 앉아 시름에 잠긴다.) 그 거참, 백날 물질혀두 괴기가 잡히지를 않는구면 그려. 원, 뭐 땜시 뚝을 쌓 갔구 지랄이랴.

　ー뱃고동소리 차츰 귓가로 들려 왔다 사라진다. 갈매기 소리리는 바닷물 소리와 함께 어부의 귀로 들려온다.ー
　ー이때, 김씨 등장ー

김　씨 : (역시 바다에서 나오는 차림) 어이쿠, 어르신네. 오늘은 뭐가 좀 잽혔남유 ? 지는 또 헛탕 쳤구먼유.(옆에 들통놓고 앉는다.)

어　부 : 아무래도 올 괴기농사는 헛탕인게벼, 망둥이두 눈에 안띄는 걸 보믄 말여.

김　씨 : 그럼, 겨울이 와두 김쌀 맬 필요가 없건는디유. 물을 막아노니께 아무래두 바다속이 썩는게벼유.

어　부 : 여부가 있남. 물두 순환이 되야 허는디 여그는 물이 아예 고여 뿐져서 안 것두 안되여. 김이구 괴기구 안것 두 안된다니께.

김　씨 : 아무리 심닿는데까지 혀봤지만 소용없슈. 즈이두 내달

께나 짐챙겨서 이사 가야 겠시유. 어르신네께서는 계속
여그 계실 건감유?

어 부 : 내가 가믄 워디루 갈 때가 있남? 여서 살다가 선산
에 묻히는 게 내 소원이구먼. 자네야 처자식이 있으니
께 어여 떠나는게 좋을 껴. 벼농사두 재미를 못보는디
눌러 앉아봤자 뭔 소용이 있겠어.

김 씨 : 지두 잘 알구 있구먼유. 벼 농사야 일찌감치 때려 치
워뿐졌지만 그동안 괴기가 심심찮게 잽혀서 선뜻 도회
지루 나갈 수가 없었슈. 이젠 그나마 잽히던 괴기두 없
구허니께 그냥 미련없이 가야겠슈.

어 부 : 그려. 딴 맴 먹지말구 얼른 떠나. 여그 있다간 굶어죽
기 쉽상여.

김 씨 : 허지만 막상 떠날라구 생각허니께 막막하기만 혀유.
지가 도시가서 뭘 혀야 헐지 암담허니께유. 가보믄 뭔
일자리가 있겠지만 요즘은 그 생각 때메 밤잠을 뭇잔다
니께유.

어 부 : 왜 일자리가 없어, 요새 일손이 딸려 죽을 판이라는
디.

김 씨 : 그치만 지가 무슨 기술이나 배운게 있으야지유. 배운
거라곤 물질허는 것 허구 농사짓는 일 밖에는 없는디
유.

어 부 : 아녀, 자네는 성실허니께 뭘 허드라도 성공헐 수가 있
네.

김 씨 : 고마워유 어르신네. 그건 그런디 수복이는워치게 헐건

감유. 도시로 안 보낼 작정유?

어　부 : 수복이가 도시로 혼자갈 수 있남. 글구 갸는 지금 아
　　　　프잖여.

김　씨 : 아참, 그렇지유.

어　부 : 자네 이사가믄 워디루 갈겨?

김　씨 : 글씨, 서울 사는 동상네 동네루 가야헐 판인디 그럴려
　　　　믄 선산까정 팔아뻔져야 할 판이구먼유.

어　부 : 선산까정?

김　씨 : 예, 여그 땅값이래 봤자 몇푼이나 받것슈. 근디 서울
　　　　은 코빼기만헌 땅두 금싸라기보다 더 비싼개비유. 여그
　　　　저그서 돈을 긁어모으기는 허지만 잘 될지는 모르겄슈.

어　부 : 자네가 신중히 생각혀서 허게. 선산은 무리가 되드라
　　　　두 팔지않는 방향으루 말여. 선산까정 팔아치우믄 자네
　　　　는 워디 묻힐라구 허남? 자네 조상들이 묻힌 땅이 그
　　　　래도 좋은겨.

김　씨 : 지두 신중허게 생각허구 있시유.(잠시 생각에 잠기다
　　　　가) 어르신네 안가실것인감유. 지는 얼른 가봐야겄슈
　　　　(들통 들고 일어선다.).

어　부 : 가야지. 어여 먼저 가. 난 좀 더 바다 귀경을 허구 일
　　　　어서겄네.

김　씨 : 그럼 그러슈. 지는 먼저 일어서겄슈.

　　－어부 퇴장－

　―멀리서 어부를 부르며 고집사가 달려온다.―

고집사 : 집사님 ! 여그서 뭐 허슈 ? 오늘 구역예배 드려야 허
　　　　잖유.

어　부 : 아, 참 그렇지 내 정신좀 보게. 지금 몇신감 ?

고집사 : 지금 시시유, 집에 연락을 허니께 수복이가 갯바닥 갔
　　　　다구 혀서 이렇게 달려왔슈.

어　부 : 아니, 오늘 니시에 예배드린다고 혔잖여.

고집사 : 아니유, 오늘 죄다 바쁘다구 혀서 다시 시시루 결정혔
　　　　슈. 어서 가유.

어　부 : 그려 ? 그럼 진작에 연락을 허지, 어여 가세. 오늘 누
　　　　구집서 구역예배 본댜 ?

고집사 : 샘골 박씨 아줌니 댁서유.

어　부 : 그려, 아무튼 어여 가세.

　　―어부, 고집사 퇴장―

제 2 막

　무대는 마을 청년 도식의 방 ―

청　수 : (신문을 보다가) 야, 느덜 서울로 올라갈 생각 없냐 ?

도　식 : 아니 그게 뭔 소리여 ? 왜 느닷없이 서울이라냐 ?

청 수 : 아 그렇잖여. 여서 눌러 있으믄 장가두 못가는디 총각
　　　구신으루 죽을 티여?

봉 학 : 그건 청수 말이 맞는구먼. 저 아래 김씨아저씨두 다음
　　　달에 이사 간디야.

도 식 : 김씨 아저씨?

봉 학 : 그렇다니게 어쩜 교회두 읍내루 이사간다구 허든디.

도 식 : 교회까정 우덜 마을을 떠난디야?

청 수 : 그려. 넌 소식이 숫제 깡통이구먼, 교회가 이사간다는
　　　말은 오래전부텀 있어왔잖여.

봉 학 : 사람두 없는디 교회만 있으믄 뭐한다냐 교회는 사람
　　　있는 디루 나가야 혀.

도 식 : 그럼 느덜 참말루 용내리를 뜰 참이네?

청 수 : 그렇다니게. 난 벌써부터 계획을 세웠는디.

봉 학 : 나두 울 엄니와 갈껴. 서울가믄 뭣인들 못해먹구 살겄
　　　어? 젊은 놈이 안거나 허구 살믄되지. 거가서 결혼두
　　　허구 말이여.

청 수 : 그러니게 도식이 너두 느이 아부지에게 빨리 결정허
　　　라구 혀. 만약간에 여기 남아있다가 빚더미만 쌓다가
　　　죽으믄 워치켜?

도 식 : 나두 물르겄다. 내가 뭔 기술이 있으야지 서울 가서두
　　　살게 아닌감.

청 수 : 운전을 배워보믄 워떨까. 우리동네 상칠이도 운전면허

증을 따갖구 서울 갔잖여. 거서 돈 많이 버는 갑더라.

봉　학 : 개 뿐이 아녀. 텃골너머사는 쌍둥이 형제도 서울가서
　　　　돈 많이 번다구 소문났다니께.

도　식 : 아니, 느덜은 돈이 그렇게 중요허네?

청　수 : 그럼 넌 돈 없이두 시상 살수 있다구 생각혀?

봉　학 : 말두 안되여, 지금 시상은 돈 없으믄 굶거나 얼어죽기
　　　　쉽상여.

청　수 : 겨, 돈이 있시야 혀. 돈 없이는 못산다니께. 나중을 생
　　　　각혀 봐. 돈없이 워치게 살 건가를 말여.

도　식 : 느이 말두 일리가 있지면 난 도저히 서울가서는 못살
　　　　거같다. 꽉막힌 거리며 그많은 사람들. 난 여그가 좋아,
　　　　글구 괴기잡는게 적성에 맞구 말여.

봉　학 : 지금 괴기를 못잡게 된 걸 몰르구허는 소리네?

도　식 : 물르긴 뭘 물른다는겨. 이 쪽만 그렇지 저 삼도쪽으로
　　　　나가믄 더 좋은 괴기를 잡을 수 있단 말여.

청　수 : 뭐여, 삼도?

봉　학 : 애가 지금 제정신이 아니라니께. 삼도까정 나갈려믄
　　　　기곗배로두 족히 세시간은 걸릴텐디, 그게 뭔 말이랴?

도　식 : 난 바다가 좋다구. 좋은 걸 워치게 혀. 더구나 수복이
　　　　가 많이 아프잖여. 개를 놔두고 우덜이 죄다 떠나믄 개
　　　　는 누굴 의지하구 사남?

청　수 : 그럼 넌 수복이 때문에 니 젊은 청춘을 썩힐 참여?

봉　학 : 얘가 참 우스운 애라니께.

도　식 : 아녀, 내는 여그서 괴기잡구 농사를 지을껴. 수복이를
　　　　 돌보믄서 말여. 글구 수복이는 원제 워치게 죽게 될 지
　　　　 두 물르잖네. 걔는 어렸을 적부텀 내 단짝여. 내가 죽게
　　　　 생겼을 때두 걔가 몇번씩이나 구해줬잖네. 그런 애를
　　　　 두구는 한 발짝두 뭇가. 정가구 싶으면 니덜이나 떠나
　　　　 라니께 난 여그가 좋단말여.

청　수 : 도식아, 참말루 말인디 니 그 고리타분헌 생각좀 집어
　　　　 치워야 겄어. 니가 지금 돈 벌어놓지 뭇허믄 늙어서 워
　　　　 치게 살려구 그려. 글구 수복이는 한 두해를 앓았던게
　　　　 아니잖여. 올해가 벌써 몇년째네? 부모도 포기한 애를
　　　　 니가 워치게 신경을 쓴단말여.

봉　학 : 그려, 그건 청수말이 맞어. 앞으로는 농사짓기도 글렀
　　　　 어. 외국산 쌀값이 월메나 싼지 아네? 쌀 한가마를 산
　　　　 지에서는 2만원만 주믄 산댜. 그런 쌀은 우덜은 십만원
　　　　 에 팔구 있잖네. 우덜은 십만원에 팔아두 이득이 없는
　　　　 농사를 뭣때문에 짓겄어. 다 부질없는 짓이여. 더 늦기
　　　　 전에 떠나는게 상수여 상수.

도　식 : 이제 됐어. 나두 느이 말귀를 뭇알아 듣는게 아녀. 알
　　　　 았으니께 나보구서 서울 가자는 말은 다시 *끄집어 내지*
　　　　 말어. 나두 걱정이 안되서 이러구 있는 줄 아네? 떠나
　　　　 려는 느덜보다 걱정이 더되믄 더됐지 들되지는 않는다
　　　　 구. 알겠네? 난 여그 남아서 끝까지 고향을 지킬티여.
　　　　 모든 걸 하나님께 맡기겄어.

청　수 : 하지만 하나님도 이곳 용내리를 이미 떠나셨어. 교회

야 암디나 가믄 되잖네 ? 널린게 교회니께.

도　식 : 하나님은 교회에 계시지 않아. 우덜 마음에 계신다구. 하나님이 영이신디 워치게 건물에 계실수가 있네. 마음 속에 계신거. 용내리 교회가 떠나두 괜찮여. 그까짓 거 없으믄 워떠 ? 돈때메 떠나는 사람들 쫓아 댕기는 교회 는 안가두 되여. 난 여그서 있다가 읍내 있는 교회루 나가믄 괜찮여. 그 바람에 읍내 바람두 쐬믄 되잖네 ?

봉　학 : 그려, 도식이 니가 정 그렇다믄 헐 수 없지. 너라두 여 그 고향을 지켜야지. 우덜처럼 나약한 사람이 되어 고 향을 등지믄 쓰간디.

청　수 : 나는 목사님이 원망스럽다. 워치게 처음부터 고향을 지켜야 헌다구 혀놓구서 서울 간다구 허냔 말여.

봉　학 : 그게 워디 목사님 탓인감. 여그 사람이 죄다 빠져나가 는디 교회가 있으믄 뭔 소용이 있댜. 목사님도 먹구 살 아야 헐게 아녀. 심봉리 교회두 읍내루 나갔지 않은감. 이 판국에 농촌을 지킨다는 것이 그리 쉬운 것만두 아 녀.

도　식 : 쓸데없는 얘기 집어치우고 느덜 서울가믄 워디루 갈 껴 ?

청　수 : 난 봉학이랑 구로공단으로 갈 참여. 거그가믄 일자리 가 많디야.

봉　학 : 거근 먹구 재워주는디두 돈을 솔찬히 준다구 허든디. 인심은 사납겠지만 워치켜 먹구 살라믄 견뎌 봐야지.

　－이때 교회종탑의 종소리가 울린다.－

청 수 : 벌써 교회 오라는 소린겨?

봉 학 : 오늘이 금요일 아닌감. 저 소리도 이제 월메 있으믄
　　　　 못듣겠구먼 그려.

도 식 : 느덜 안갈 참이네?

청 수 : 글씨, 심난혀서 가구싶은 맴두 없다야.

도 식 : 그럴수록에 더 열심히 가야잖여. 난 수복이한테 들렸
　　　　 다 갈참여. 느덜 수복이 한테 안갈티여?

봉 학 : 난 그냥 집으로 갈티여. 소 여물 줘야헌단 말여.

도 식 : 청수 넌?

청 수 : 나두 그냥 갈티여. 가서 잠이나 자뿐지야 겄다.

도 식 : 그려, 맘대루들 허여 지금 나가자.
　　　　 (도식 성경책과 기타를 들고 일어서서 함께 퇴장한다.)

제 3 막 1 장

　ㅡ수복이의 방, 도식이가 기타를 치며 수복이 곁에서 찬송을
들려주고 있다.ㅡ

도 식 : (기타를 치며 찬송을 부른다. 찬송 455장 주안에 있는
　　　　 나에게)

수 복 : (누운 채 도식의 찬송을 가만히 듣고만 있다.)
　　　　 도식아!

도 식 : (기타 연주를 마치고 수복을 쳐다 본다.) 왜그려?

수 복 : 참말 넌 열심이구면.

도 식 : 뭐 말여?

수 복 : 교회다니는 거 말여. 참말 부럽단 말여. 너의 그 찬송
     소리를 들을 때면 괜히 맴이 편허다니께.

도 식 : 그러니께 어여 병이 나란 말여, 그래서 나랑같이 교회
     에 댕기자니께.

수 복 : 그게 워디 내 맴대루 되남?

도 식 : 아녀, 맴먹기에 달렸어. 모든 병은 맴 먹기에 치료두
     되고 악화두 된단 말여. 그러니께 쓸데없는 맴 먹지 말
     구 얼른 병 나을 생각이나 혀.

수 복 : 아녀, 내 몸은 내가 더 잘 알어. 얼마 뭇산다는 게 지
     금은 차라리 행복한 것 같어.

도 식 : 그건 또 뭔 소리여?

수 복 : 날 위로하려 들지 말어. 전엔 느덜보다 먼저, 그것두
     한참 젊은 나이에, 죽는다는 것이 월메나 고통스러웠는
     지, 허지만 이젠 다 괜찮여. 다만 맴에 걸리는 것이 있
     다면 아버지 혼자 두고 먼저 간다는 것이 슬플 뿐여.

도 식 : 수복아,

수 복 : 괜찮여. 이미 운명의 화살은 댕겨졌다니께, 살고 죽는
     것이 그리 큰 문제는 아녀. 나보다 더 불쌍허게 죽어간
     사람들두 많잖여 그에 비하면 난 행복혀.

도　식 : 아니, 수복이 너 미쳤네? 그게 뭔 너답지 않은 소리
　　　　여. 넌 틀림없이 나을 수 있단말여. 하나님이 고쳐 주실
　　　　껴. 죽은 나사로를 살리신 하나님이 말여.

수　복 : 나사로?

도　식 : 이, 나사로. 그 사람은 죽은지 4일이나 지난 사람인디
　　　　예수님이 불쌍히 여겨서 살려주셨다니께.

수　복 : 참말로 예수님이라는 사람이 있었네?

도　식 : 그려. 그분은 하나님의 아들로 우리의 죄를 사해주시
　　　　기 위해서 이땅으로 오신겨.

수　복 : 이땅으로 오셔? 우리의 죄를 사하기 위해 죽어?

도　식 : 그것을 믿는 것이 바로 믿음이라고 하는겨. 믿음의 가
　　　　장 중요한 부분여. 그러니께 수복이 너두 예수님을 믿
　　　　어. 예수님이 너의 죄를 다 용서해 주시고 돌아가셨다
　　　　는 것을 말여.

수　복 : 죄를 용서해 주시고 돌아가서?

도　식 : 그렇다니께. 그리고 지금은 하늘나라에 계시단 말이
　　　　여. 이 다음에 또 오신다구혔어.

수　복 : 난 뭔 말인지 하나두 물르겠다.

도　식 : 그려. 그것을 단박에 알수 있다는 건 무리여. 차근 차
　　　　근 알게 될겨. 그것이 바로 닫혀있던 영혼의 눈이 떠지
　　　　는 거란 말이여. 그러니께 얼른 병이 나라구. 병만 나으
　　　　면 너두 예수님 잘 믿고 하늘나라에 가서 영원히 행복
　　　　하게 살 수 있을겨.

수 복 : 됐어. 여그서두 이 모양으로 살았는디 죽구나믄 뭔 소
       용 있겄네. 모두가 부질없는 것이여. 살아있을 때가 중
       요한 거 아닌감 ?

도 식 : 그건 그렇지만 우덜의 영혼은 몸이 죽는다구 죽어지
       는게 아녀. 영혼은 영원히 존재한다니께. 예수 잘 믿고
       구원받은 사람은 하늘나라에 가구 그렇지 않은 사람은
       지옥에 가서 영원토록 사는 거란 말이여.

수 복 : 그런걸 믿을 수는 없어. 나는 이땅에서 살다가 죽으믄
       그만이라구 생각혀. 그 이상도 그 이하두 아무런 의미
       가 없단 말여. 그러니께 더이상 복잡한 얘기는 허지 말
       어 괜히 머리만 심란해진다구.

도 식 : 그려. 복잡한 얘기는 안헐게. 아무튼 죽을 거라는 생
       각은 죽게 되더라두 갖지말어 수복아. 너마저 내곁을
       떠나믄 난 누굴 의지허구 산다네. 그렇잖아두 청수와
       봉학이 그리고 마을 주민들이 죄다 서울이나 도회지루
       간다구 혔쌌는디 말여.

수 복 : 그거야 그들의 삶이 그런디 워치게 헌다네. 도식이 너
       두 사람들과의 관계를 너무 집착허지 마. 그럼 슬픈 생
       각만 남을껴.

    —이때 교회당의 종소리—

수 복 : 교회서 너 빨리 오라구 부르는 소린게버 어여가. 저
       종소리는 꼭 두번씩 울리더라.

도 식 : 이, 그건말여 이상할게 하나도 없어. 처음 종소리는
       준비하라는 종소리구 다음 종소리는 빨리 오라는 소리

여. 수복이 네 말대로 나는 가야겠어. 가서 너를 위해
기도 드려야겠다. 갔다가 틈나는대로 또 올거.

수 복 : 그려 잘 댕겨와.

  —도식 퇴장—

제 3 막 2 장

도식이 나간 수복의 방, 수복은 누워 생각에 잠긴다.
  (수복이 누워있는 방으로 조용히 음악과 함께 생각들이 깔
린다.)
  —어쩜 사람의 생명은 이슬처럼 영롱한 윤기를 가지고 있는
지도 모른다. 내가 살아있다는 것은 이슬이 새벽을 맞이한 것
이고 아침이 오면 풀잎에 맺혀있는 이슬이 지상으로 낙하하는
것처럼 내생명도 왔던 곳으로 이끌려 가는 것일게다. 그것은
슬픈일이 아니다. 지극히 겸허한 마음으로 받아들이는 것이 생
명을 존중하는 참다운 자세일 것이다. 나는 내 생명이 언제 돌
아갈지를 알고 있다. 죽음을 앞둔 모든 사람이라면 느낄 수 있
는 아주 단순한 깨달음인 것이다. 수복아, 두려워하지 마라. 이
보다 더 평화로운 세상이 네 앞에 기다리고 있을 테니까. 다시
는 병들거나 낙심할 필요없는 푸근한 오월의 햇살같은 따사로
운 세상, 그 세상이 바로 네 앞에 펼쳐질 것이야 ————
사이 (공백, 음악만 흐름).

  다시 narration
  죽음은 무서운 것이 아니야. 단지, 모든 이와의 헤어짐이 슬
플 뿐이거든. 그러나 수복이 네가 세상을 떠나는 것처럼 그들

도 언젠가는 네가 가는 곳으로 떠나게 되어있어. 잠시의 슬픔으로 목이 메는 것일 뿐 두려워 마라. 그리고 수복이 너의 죽음으로 긴 병마를 극복하게 되어 아버지가 홀가분하게 되는 것이 잖아. 거의 10년을 넘도록 병고에 아버지가 쏟은 정성은 이루 말하기가 어렵잖니. 더욱이, 농촌의 아픈 현실속에서 병든 너의 아버지께 너무 큰 짐이 되어 주었다고 생각하지 않니? 마음을 굳게 먹고 깨달아야 한다. 잔잔한 바닷물결처럼, 하늘을 떠도는 맑고 흰 뭉게 구름처럼. 그렇게 아늑한 세상을 찬미하며 가벼운 마음으로 이 세상과 이별을 고하자. 그것만이 내가 신세를 진 많은 사람들의 고통을 덜어주는 길일 것이다. 할아버지가 가신 곳 어머니와 할머니가 잇달아 떠나신 곳, 그곳으로 가는 것일 뿐이야. 아무 걱정하지 말자. 어머니의 웃는 모습이 눈에 아른거린다. 그 맑고 투명한 푸른 하늘에 늘 선한 모습으로 사셨던 어머니의 모습이 보인다. 가자, 이제는 다시 못올 그 영원한 세계로 떠나자. 그러나, 불쌍한 아버지, 내가 떠나면 많이 슬퍼하시겠지? 어쩜 이동네 저동네를 헤매시며 우실지도 몰라. 하지만 그것도 오래지 않아 잊혀지게 될거야. 아버지는 착실하신 신자시니까. 그래, 이제는 마음놓고 갈 수 있겠다. 떠나자. (사이 ~ 음악)

　수복 방을 깨끗이 정리한다. 그러면서 심한 폐렴환자 처럼 기침을 한다. 그리고 정리를 마친후 흰 종이에 그의 아버지에게 남길 유서 한 통을 적는다. 계속 기침을 하면서.
　(음악은 계속 깔아 놓는다. 다시 narration)

　"아버지, 지 며칠동안 여행좀 댕겨 오겄슈. 지가 돌아올 동안 찾지 마세유. 몸 건강히 허시구 진지 거르지 마세유. 그럼 안녕히 게세유."　　　수복 올림

제 4 막

길거리 : 무대

봉　학 : 이게 도대체 뭔 일이디네. 아퍼서 거동두 뭇허는 애가
　　　　워디루 갔단 말이여. 그것참,

청　수 : 글게 말여, 동네를 샅샅이 뒤졌지면 워디루 갔는지 흔
　　　　적두 뭇찾았다니께.

봉　학 : 도식이는 워디 갔다네 ?

청　수 : 어제 아침에 수복이 찾는다구 나갔디야.

봉　학 : 아니, 워디루 ?

청　수 : 물르겄어. 그냥 수복이 찾으러 댕겨온다구 나갔디야.

봉　학 : 그것참 구신이 곡할 일이구먼 이 추운날 도대체 워디
　　　　루 갔난 말여.

청　수 : 아무래도 여그 용·내리는 없는것 같어. 딴디루 멀리간
　　　　모양이여. 여행을 댕겨 오젔다구 편지까정 썼다는디.

봉　학 : 그래두 그렇지 이 추운 겨울에 제대루 건지두 뭇허는
　　　　애가 가긴 어디루 간단 말이여 ? 이거 워서 얼어 죽는
　　　　게 아녀 ?

청　수 : 야, 야가 뭔 소리를 허나 물르겄네. 누가 들으믄 워쩔
　　　　려구.

봉　학 : 아, 그럼 워디루 갔단 말여!

청　수 : 다들 물르니께 찾아나선 것 아녀.

　―이때 김씨 등장―

김　씨 : 자네들 여기 있었구먼.

청　수 : 아저씨 오슈. 워디 댕겨 오남유?

김　씨 : 그려, 근디 수복이 소식은 여태 없나?

봉　학 : 없슈.

김　씨 : 그럼 어르신네는 워디 계신감?

청　수 : 모르겠슈. 조금 전에 집에 댕겨 왔는디 텅텅 비였던디
　　　　유.

김　씨 : 그려 그것참 큰 일이구먼. 이 추운 겨울에 봉변이나
　　　　안당했으면. 참, 자네들 읍내 안나갈 참인가?

봉　학 : 읍내는 왜유.

김　씨 : 읍내서 오늘 오후에 김쌀 보상 대책회의 헌디야. 바닷
　　　　물을 막은 서울회사 책임자가 와서 우덜 김 만드는 어
　　　　민들과 보상에 대해 얘기 헌다구 허던디. 수복이두 수
　　　　복이지만 거그 댕겨 와야 될겨. 가서 한푼이라두 더 받
　　　　아야지 않겠남?

청　수 : 암 그래야지유. 근디 몇시에 워디서 모이남유?

김　씨 : 이, 오후 4시 읍내 픔전예식장서 무인디야

봉　학 : 예식장유?

김 씨 : 이, 그려. 나는 또 들를때가 있어서 빨리 가봐야 겄네. 그리고 도식이두 보믄 꼭 전해 주게. 그럼 그때 보세.

청 수 : 안녕히 가슈, 아저씨.

봉 학 : 월메나 올려 달라구 모이라구 했디야?

청 수 : 글쎄 말여. 우선 가봐야 알겄지. 마을 사람들이 죄다 가졌구먼.

봉 학 : 그나저나 도식이 애는 워디루 갔길래 코빼기두 안 뵈는지 물르겄네.

청 수 : 글씨, 오늘은 나타나겄지. 어, 저기 도식이가 오잖여!

봉 학 : 어, 어디?

청 수 : (손가락으로 가리키며) 저, 저그 말여 배를 뭍으로 대는게 도식이 아닌감?

봉 학 : 그, 그려. 도식이가 맞는디. 대체 워딜 댕겨 오는 길이랴? 그물두 없는디.

청 수 : 혹시 수복이 찾는다구 장도 댕겨 오는 길아닌감?

봉 학 : 장도?

청 수 : 그려 우덜 어렸을적 자주 놀러 갔든디 말여. 아, 왜 도식이가 뱀헌테 물려 죽을 뻔 안했남?

봉 학 : 이, 맞어. 거그서 그렸었지. 근디 뭣때문에 갔었을까?

　—이때 도식 매우 심각한 표정으로 등장—

청 수 : 도, 도식아 너워디 댕겨오네? 한참 찾았잖여.

도　식 : 크, 큰일났다. 이 일을 도대체 워치게 헌다네.

청　수 : 큰 일 이라니, 도대체 무슨 일이여?

봉　학 : 혹시 수복이에게 뭔 일이 있는거 아녀?

도　식 : 그려, 수복이가 장도 턱바위 앞에서 얼어죽은 채루 발
　　　견됐어. 이 일을 워쩐다네. 수복아,(도식이 엎어져 끝내
　　　운다.)

봉학, 청수 : 뭐여?

도　식 : 수복이가 거그서 죽었단 말여.

봉　학 : 이, 이 일을 워쩐다네. 어르신네께 어여 알려야지

도　식 : 무, 물르겠어. 수복아.

청　수 : 시상에 이럴 수가.

봉　학 : 어여 진정허여. 진정허구 어르신네께 가보자니께. 이
　　　러구 있으믄 워칙허여. 수복이 장사두 지내줘야지.

도　식 : 내, 내가 쥐일 눔이여, 수복이를 좀더 잘 보살펴야 혔
　　　는디. 이, 이렇게 되다니 으흐흐흑.

청　수 : 이게 뭔 니 책임이여? 더이상 살아 봤자 고통스러우
　　　니께 일부러 죽은거 아녀, 그만 울구 어여 일어서.

봉　학 : 그려 도식아, 얼른 가자니께.

　　─봉학이와 청수가 도식이를 일으켜 세우고 무대를 퇴장─

제 5 막

장례를 마치고 돌아오는 길

김 씨 : 어르신네, 뭐라 위로를 혀야 헐지 물르겄구먼유. 참말
루 애석하게 됐슈. 젊은 나이에 꽃망울 한 번 뭇 터뜨
려부구. 으이그 이놈의 시상.
(어부 말없이 눈물만 훔치며 먼 하늘을 올려다 본다.)

김 씨 : 어르신네, 이젠 용내리를 떠나슈. 이 마을에 남는 사
람은 아무도 없슈. 수복이가 그렇게 된 것은 다 어르신
네를 위해서 그런것 같네유. 지 때문에 어르신네께서
옴짝달싹 뭇허는 줄루 생각혔나 보유.

어 부 : 됐네. 이젠 다 소용없어. 나도 죽을 날이 가까운 것같
네. 이 나이에 도회지루 가서 무슨 낙으루 살겠나? 그
냥 예서 얼마 안되는 전답을 일구며 틈틈이 괴기두 잡
으며 살걸세.

김 씨 : 지두 어르신네 맴을 물르구서 드리는 말씀이 아니구
먼유. 이렇게 된 마당에 즈덜만 용내리를 떠난다는 게
마음이 걸려서 그래유. 텅빈 용내리를 뭐땀시 지키실려
구 그래유? 보상금두 나오믄 당장 떠나유 어른신네.

어 부 : 글씨 나는 됐다니께. 여그서 혼자 살다가 죽으믄 되지
뭐가 아시워서 도회지 가서 죽남? 그건 내가 믿는 하
나님을 버릴 수 없는것과 마찬가지여, 그러니께 다시는
내 앞에서 용내리를 떠나라는 말은 당체 입밖에 내지

　　　말게.

김　씨 : 허지만 도식이두 즈이 어메 모시구 여글 떠난다는디
　　　유.

어　부 : 헐수 없지 워치게 허여. 내가 눌러있는다구 도식이 까
　　　정 있을 이유가 없잖은감. 난 여그가 좋네. 여그서 한발
　　　짝두 못뗀단 말여.

김　씨 : 알겠슈. 허지만 잘 생각해 보세유. 우덜이 죄다 떠나
　　　믄 여근 사람 살곳이 뭇되는줄만 아세유. 지는 이만 가
　　　보겠슈.

　　　—김씨 퇴장—

어　부 : (김씨의 뒷모습을 보며 허탈하게 쭈그리고 앉는다.)
　　　주님, 이젠 이 용내리를 죄다 떠나려나 봐유. 주님두 저
　　　들 따라서 가시겠시유? 주님은 저와 같이 여그 계실줄
　　　믿어유. 여그서 혼자 살다가 주님 곁으루 가구 싶어요.
　　　그렇게 되도록 허락해 주세유. 주님, 불쌍한 우리 수복
　　　이두 평안히 있도록 주님께서 지켜 주세요.

　　　—이때 도식이 삽을 들고 등장—

도　식 : 어르신네 여기 계셨슈?

어　부 : 그려, 도식이 자네 왔는가?

도　식 : 예, 어르신네. 이제 막 땅을 고르구 오는 길이구먼유

어　부 : 자네두 용내리를 떠난다믄서?

도　식 : ………

어 부 : 잘 생각혔네. 여그서 뭘 허겄냔 말여. 그냥 눌러 있다
　　　　간 워치게 허여. 자네 어머니 뫼시구 서울을 가든 워디
　　　　를 가든 올라가야혀.

도 식 : 지는 안갈거구먼유.

어 부 : 뭐여, 안가 ?

도 식 : 그류, 지두 여글 떠날 수가 없슈. 여서 정이 너무 들었
　　　　기 때문에 딴디 가서는 도저히 뭇살거 같슈.

어 부 : 아니, 여서 뭐 헐라구 그러남 ?

도 식 : 왜 헐게 없슈, 헐일이 지천에 쌓였는디유. 걱정 마세
　　　　유. 어르신네께 도와달라구는 안헐테니께유.

어 부 : 참말 자네 여그 남을 작정인가 ?

도 식 : 그류, 여서 견딜 수 있을 때까지 버텨 보겄슈.

어 부 : 아서, 용내리를 죄다 떠난다구허든디. 워치게 혼자날
　　　　을 려구 허남 ?

도 식 : 아녀유. 죄다 떠나지는 않어유. 용내리를 떠나지 않는
　　　　사람두 많이 늘었슈. 수복이가 죽구나서 아마 생각을
　　　　고쳤나 봐유.

어 부 : 생각을 고쳐 ?

도 식 : 그래유. 여그를 떠나 도시루 나가믄 고생은 덜 되겄지
　　　　만 맴이 병들구 말거라나 하믄서 안떠나겄대유. 글구
　　　　도회지루 간 사람덜 중에 잘 사는 사람이 별루 없대유.
　　　　들리는 소문처럼 돈을 많이 벌지두 뭇허면서 헛소문만

돌았나 봐유. 이웃 점대리는 고향으루 다시 돌아온 사람들이 꽤 된다구 허든디유. 병든 도회지 생활을 하면서 죽을 바에야 차라리 산좋고 물좋은 고향서 고생이 되드라두 사는게 안좋겄시유.

어 부 : 여부가 있남. 그려 자네가 정 그렇게 맘을 먹었다믄 여서라두 열심히 살아봐. 여그가 월메나 좋은지 떠나봐야 알겄지만 한 번 떠나믄 다시 돌아오기 힘든 곳이 아닌가. 주님두 우덜이 이 아름다운 고향을 버리고 가는 것을 원치는 않을 걸세. 참말루 고맙네 그려. 수복이가 죽고나서 워치게 살지 물렀는디 자네라두 곁에 있어 준다니 너무 감사하네. 우덜 남아있는 사람들이라두 오손도손 살아보세. 이제 우리에게 뭔 낙이 있겄는가, 주님 재림하시는 것 아니믄 어서 주님곁으로 가는것이 아닌감? 도시루 가서 몸과 맴에 때 묻히지 말구 여서 주님을 맞으세 그려.

도 식 : 그류, 어르신네. 참, 어르신네 삼도로 안나가볼 작정이신감유?

어 부 : 삼도?

도 식 : 예, 거그서 며칠 괴기잡아 올리믄 솔찬히 될거구먼유.

어 부 : 참 그렇지, 그럼 그러세. 오늘과 내일은 집정리를 혀야 허니께 쉬구 모레쯤 나가세.

도 식 : 그류.

어 부 : 그럼 그때 보세(도식의 손을 꼭 움켜쥐며) 참말루 고맙네 그려. 나 감세.

　　　　―어부 퇴장―

도　식 : 그럼 안녕히 가슈. 지가 자주 댁에 들르겠구먼유.

　　　　―봉학이 등장―

봉　학 : 도식아 너 여서 뭐허네?

도　식 : 여근 왠일이네?

봉　학 : 왠일은 하두 심난혀서 나와 봤지.

도　식 : 그려, 추운디 어여 들어가자. 어르신네두 저그 들어가
　　　　시잖네.

봉　학 : 여태 여그 계셨었구먼.

도　식 : 이.

봉　학 : 그나저나 나두 서울가는거 포기헐라나부다.

도　식 : 뭐여? 왜?

봉　학 : 가구 싶은 맴이 없어져 뿐졌구먼. 이 나이 먹구 거그
　　　　가서 잔심부름을 할 생각을 허니 잠두 안와야.

도　식 : 청수는 뭐랴?

봉　학 : 청수는 내가 가야만 간댜. 혼자서는 안간디야.

도　식 : 그려서 워치게 허기루 혔어?

봉　학 : 워치게 허긴, 사실 나두 여글 떠나믄 뭇살것 같어. 그
　　　　서울이란 데가 인심이 흉허기루 소문난데 아닌감? 거
　　　　가서 내가 워치게 베겨 내겄어. 나 안갈거여.

도　식 : 그럼 장가는 안갈거여 ? 결혼 말여.

봉　학 : 결혼이 사람 뜻대로 되는감. 이루 시집오는 여자 없으
　　　　믄 나 혼자 살믄 되잖네. 산두 있구 바다두 있구 저그
　　　　저멀리 떠 있는 구름두 있는디 뭐가 걱정여 ?

도　식 : 하, 자식 이제 정신이 좀 드는겨 ? 자 우리 이러구 있
　　　　지말구 청수헌테 가서 낙지 잡으러 가자구 허자.

봉　학 : 낙지 ?

도　식 : 그려, 조금 있으믄 물 때가 좋으니께 낙지 잡어서 어
　　　　르신네두 좀 드리구, 많이 남으믄 장에 내다 팔기두 허
　　　　구 말여.

봉　학 : 그려, 그럼 어디 오랜만에 묵혀 뒀던 실력을 발휘 혀
　　　　봐야지.

도　식 : 자, 어서 가자.

봉　학 : 그려.

　　—봉학과 도식 퇴장, 막이 내린다.—

8. 우리는 모두 돌아가고 싶다
<청년부用>

■ 나오는 사람 : 성민, 도현, 교인1·2·3·4, 여인1·2, 목사,
김집사, 이집사, 오집사 총 12명

* 연출지도

본 극을 연출하는 분은 극을 충분히 읽고 나름대로 실정에 맞도록 각색을 한다. 전 4막으로 구성되어 있기 때문에 무대 설치는 어렵지 않다. 그러나 막이 적은 반면 출연진들의 생동감있는 연기력이 요구된다. 극에서 전하는 메시지가 충분히 전달되도록 연출은 모든 스텝과 손발을 잘 맞춰야 하며 편의상 기술부분이 적은 잇점이 있지만 그렇더라도 소홀히 다루면 안되겠다. 마지막 부분에서 음악을 들려줄 때는 극적인 효과를 주기 위해 박자를 잘 맞춰야 한다. 모쪼록 이 극을 상연하는 단체나 회원은 최선을 다해서 소기의 목적이 이루게 되길 바란다.

제 1 막

　무　대 : 거리 정도로 배경을 정하면 좋겠다. 상점 앞이나 혹
은 서점, 약국등 자유로이 배경을 꾸며보면 무대가 허전하지
않아 좋다. 형편상의 문제로 배경 설치에 어려운 면이 있으면
무대 배경을 생략해도 상관없다. 무대 중앙에서 1막의 출연진
이 정지해 있다가 막이 오르면서 극을 시작한다.
　─조명 no─

성　민 : (관객을 둘러 보며) 내 얘기가 터무니 없는 공상에
　　　　불과하다고 생각하니? (큰 소리로) 어느 얼빠진 녀석
　　　　의 넋두리로만 생각한다면 그건 큰 오산이야. 난 적어
　　　　도 인간의 삶이 어느 종교로 인해 색깔을 뒤집어 쓴다
　　　　는 것조차 달갑지 않아. 그건 위선이야, 거짓 투성이의
　　　　과장된 삶에 불과해. 넌 미쳤어. 네가 믿는 종교로 인해
　　　　서 과대망상증에 시달리는 환자야.

도　현 : (성민을 쳐다보며) 너야 말로 미쳤어. 넌 그 오만한
　　　　성격때문에 네가 모르는 외부의 세계를 보지 못하는 눈
　　　　뜬 장님이라구.

성　민 : 뭐? 눈 뜬 장님?

도　현 : 그래, 인류는 네가 생각하는대로 자연발생적인 진화의
　　　　존재는 아니야. 넌 어서 빨리 그 좁은 울타리에서 벗어
　　　　나야 한다구.

성 민 : 좁은 울타리 ? 좋아. 네가 뭐라구 지껄여도 상관은 않
      겠어. 하지만 너희의 그 종교분자들의 집단 이기주의에
      신물이 난다. 선을 상품화시켜서 사고파는 값싼 동정심,
      그리고 신성을 모독할 정도의 성화되려는 발버둥, 그런
      것이 인간을 구원시킨다면 인류는 쉽게 종말을 당하진
      않아, 인간은 인간에 지나지 않아. 절대로 신이 될 수는
      없어, 나약한 마음을 치료받기 위한 약품처럼 타락시킨
      것이 너희들 종교인들이야, 참뜻을 헤아리지도 못하면
      서 모두 깨달은 것처럼 행세하려드는 너희의 그 어리석
      음에 침을 뱉고 싶다.

도 현 : (한 발짝 다가서며) 그건 그렇지 않아.

성 민 : 웃기지 말라구. 세상은 이미 썩어가고 있어. 오래전부
      터 세상이 썩고 있었지만 너희들은 아무런 일도 한 것
      이 없었어. 오직 너희들, 너희가 생각하는 극소수의 선
      택받은 자들의 구원만이 유일한 관심사였다구. 그런 의
      미에서 내동생 성환이의 죽음은 참으로 가치있는 삶이
      라고 할 수가 있지.

도 현 : 아니야, 성환이의 죽음은 애석하지만 믿는 사람으로서
      바른 행동은 아니었어. 사람의 생명은 그 사람의 것이
      아니야. 생명은 오직 전능하신 창조주 하나님의 것이야.
      세상의 모든 것이 다 그 분의 것이라구. 그런 뜻에서
      성환은 큰 오류를 범했을 뿐이라구. 그건 씻을 수없는
      죄악이야.

성 민 : 기가막히군. 이젠 성환이의 거룩한 죽음앞에서 죄악이
      라는 말까지 쉽게 내뱉는군.

도 현 : 넌 뭔가 오해를 하고 있어. 인간은 뭐든지 할 수 있지만 다 허락된 것은 아니야. 쉽게 말해서 죄악된 짓은 버려야 돼. 인간의 생로병사를 다스리는 분은 오직 주권자이신 하나님외엔 할 자가 없어.

성 민 : 그럴테지. (비웃는다.) 너의 그 잘난 입으로 거룩하니, 성스러우니 하며 하나님께 기도 올리는 것이 가장 아름다운 짓이겠지. 그래, 그래서 결국은 너희들도 손쓰지 못하고 깊은 수렁 속으로 세상이 빠졌다고 하겠지? 살인과 전쟁등 각종 죄악이 판을 치는 판국에 말이야. 그런 무책임한 말이 어디있어! 목사가 돈을 횡령하는가 하면 권총으로 사람을 쏴죽이고 사기치는 것은 거룩하신 하나님이 시켜서 행한 것일까?

도 현 : 그건 잘못된 신앙인에 불과해. 참된 신앙인의 모습은 그것이 아니야.

성 민 : 항상 그런식으로 말했지. 더이상 할 말이 없으면 말이야, 어디 그 뿐이야 남이야 구원을 받든 지옥으로 떨어지든 저 혼자 믿고 천국을 가겠다는 그 배타적인 이기주의는 누가 가르친 것이지? 하나님은 수많은 인간을 위해 십자가에 죽었다는데 그 인간들은 인간들을 위해서 한 것이 뭐 있지? 서로 헐뜯고 다투며 모이기만 하면 수군거리는 그런 자들의 입에서 사랑의 노래가 나오고 웃음을 얼굴에 흘린다는 것에 대해 넌 구역질이 나지 않니? 그들의 입을 통해서 나오는 모든 사랑의 언어가 효력이 있으며 힘을 발휘할 수가 있을까? 오히려 더욱 더 교회와 멀어지게만 만든다고는 생각하지 않니?

도　현 : 성민아, 왜 어두운 면만 꼬집어 말하는 것이지? 넌
　　　　그렇게도 기독교가 마음에 들지 않니? 너의 그 꼭 닫
　　　　혀진 마음문부터 열어야해. 자신의 세계를 파괴하지 않
　　　　고는 새로운 세계를 발견할 수 가 없다구.

성　민 : 새로운 세계? 네가 믿는 종교의 세계가 고작 새로운
　　　　세계라고 말하는 것이냐? 웃기지 마. 나도 이젠 너희
　　　　들에게 한없이 지쳤다.

도　현 : (성민에게 더욱 가까이 다가서며) 성민아, 잘 생각해
　　　　봐. 너도 전에는 신앙생활을 열심히 했잖아. 그런 네가
　　　　왜 이렇게 몰라보도록 변했니 응?

성　민 : 변했다구?

도　현 : 그래, 너의 그 지난날로 돌아갈 수는 없니? 넌 다른
　　　　사람들을 교회로 많이 전도해 놓고서 네가 먼저 이러면
　　　　그들이 무슨 생각을 하겠어.

성　민 : 집어치워. 내 앞에서 설교하려 들지 마. 난 이미 모든
　　　　것에 실증이 났어. 아니, 난 너희같은 위선자들을 증오
　　　　하고 있는지도 몰라. 손에 성경을 들고 흰까운을 입는
　　　　다고 천사가 되는 것은 아니야. 성경을 지킨다는 너희
　　　　부터 성경을 뒷전에 두고 갖은 죄악을 저지르고 거룩한
　　　　성경으로 덮으려들지. 그럼 모든 것이 깨끗하다고 생각
　　　　하겠지. 하나는 지키고 다른 하나는 외면하면서 말이야.

도　현 : 아니야. 그건 네가 오해한 것이라고.

성　민 : 뭐? 오해?

도　현 : 그래, 네가 잘못 본 것이라구. 신자들은 노력하고 있

어. 거룩해지기 위한 끝없는 몸부림을 쉬지않고 한단
말이야.

성　민 : 그래서 한 손에는 불을 들고 다른 한 손에는 칼을 들
　　　　고 야누스 같은 얼굴을 사람앞에 내보이고 있는 거
　　　　니? 너희의 그 거룩해지려는 몸부림 이라는 게 결국은
　　　　양가죽을 뒤집어 쓰려는 노력이겠지.

도　현 : 성민아, 너 왜 이러니, 응? 왜 자꾸 엉뚱한 생각에만
　　　　사로잡혀 있는거야. 동생 성환이의 죽음을 헛되게 하지
　　　　마. 그건 성환을 두 번 죽게 하는거야.

성　민 : 누가 할 소리를.

도　현 : 성민아, 우리 예전으로 돌아가자. 어떤 의심이 생겨도
　　　　우리 근원적인 믿음을 저버리지 말자구.

성　민 : 그만둬. 내가 다시 교회로 돌아간다는 건 있을 수 없
　　　　는 일이야. 그러기엔 내가 너무 죄악투성이가 됐어. 너
　　　　희 교인들과는 섞일 수 없게 되었다구. 너희들의 미소
　　　　짓는 모습에 유리파편들이 박혀있는 것처럼 역겹단 말
　　　　이야. 난 자유로운 세상으로 돌아가겠어. 깨끗하고 꾸밈
　　　　이 없는 자연으로 말이야.

도　현 : 성민아, 가지마. 조금 더 얘기하자 응, 성민아, 성민아.

　ㅡ성민이 무대 밖으로 퇴장한다. 도현 다가서다가 무대 귀퉁
이에서 멀거니 서 있는다. 그때 무대로 교인이 등장한다. 도현
은 그들의 대사를 물끄러미 지켜 보고 있다.ㅡ

교인 1 : 이봐, 자네 그 소식 들었나?

교인 2 : 무슨 소식 말이야?

교인 1 : 이집사 얘기 말이야. 세상에 그럴 수가 있어?

교인 2 : 도대체 뭔데 그래.

교인 1 : 이집사가 도둑 혐의를 받고 경찰서로 끌려 갔잖아. 어
　　　　젯밤에 말이야.

교인 2 : 뭐야? 그 이집사가? 세상에, 그 사람은 그럴 사람이
　　　　아닌데.

교인 1 : 그러니까 사람은 겉만 보고는 알 수가 없다잖아. 그것
　　　　도 같은 교회 교인의 돈지갑을 훔쳤으니 정말 한심한
　　　　일이지. 그런 작자가 있으니 우리같은 성도들이 떼거지
　　　　로 욕을 얻어 먹는게 아니겠어.

교인 2 : 글세, 난 도무지 믿기지가 않아서 뭐라 말할 수가 없
　　　　네 그려.

교인 1 : 할 말 없기는 나도 마찬가지야. 그렇게 열심히 봉사하
　　　　던 자가 세상에.

교인 2 : 근데 누가 고발을 한 거야?

교인 1 : 돈 지갑을 분실한 가겟집 김씨지 누구야.

교인 2 : 김씨?

교인 1 : 그래 교회 맞은편에서 담배가게하는 김씨 말이야.

교인 2 : 아, 그 뚱뚱한 양반 말이군. 그런데 그런 일로 고발까
　　　　지 하다니 그것도 믿기지 않아.

교인 1 : 왠만해야 고발 하겠어. 지갑에 자그마치 이십만원이나
　　　　들었다는데.

교인 2 : 정말 딱한 일이군. 같은 교인들끼리 돈을 훔치고 경찰
　　　　에 고발을 하다니. 쯧쯧쯧.

교인 1 : 더욱 어처구니 없는 일은 그 이집사가 교회 헌금함까
　　　　지 노렸었다는 게야.

교인 2 : 뭐 ? 헌금함까지 ?

교인 1 : 글쎄 그렇대두. 이거야말로 말세의 징조가 아니구 뭐
　　　　겠냐구. 에이 짜증나는데 빨리 가세.

교인 2 : 그래, 그것참 모를 일이군.

교인 1 : (먼저 퇴장하면서) 어서 와.

　－교인1, 2 퇴장한다.－
　－여인들 둘 등장－

여인 1 : 이거 정말 더러워서 미치겠네.

여인 2 : 참아요. 어디 한 두번 속았어요. 그만 박집사님이 고
　　　　정하세요.

여인 1 : 아니, 내가 고정하게 생겼나 한 번 두민이 엄마도 생
　　　　각좀 해봐요. 오늘이 벌써 며칠째에요. 돈 오십만원 꿔
　　　　간지가 벌써 언제냐구요. 허구헌날 찾아가면 내일와라
　　　　내일준다. 누굴 혹으로 아나.

여인 2 : 그래도 박집사님은 뜯기지 않은 것만도 다행이지요.
　　　　그러길래 누가 애초에 돈을 꾸어주랬어요. 꾸어준 박집

사님에게도 문제가 있다구요. 성환엄마가 신용없기로
소문난 여잔데 뭐하려 돈을 꿔줘요 꿔주길.

여인 1 : 누가 이렇게 될 줄을 알았나요? 사람이 좋다좋다하
　　　　니까 정말 안되겠네. 내가 생각해서 다른 사람들 보다
　　　　이자를 싼값으로 해줬더니만 이자 한 번 제 날짜에 받
　　　　았으면 내 열 손가락에 장을 지지지, 장을 지져.

여인 2 : 그만 하세요. 어서 가서 구역예배를 인도하셔야죠. 기
　　　　분이 이렇게 상하셔서 구역예배 인도가 제대로 되겠어
　　　　요. 고정하시고 어서 가요. 이러다간 늦겠어요.

여인 1 : 정말 기막혀서 못살겠네. 내 가만 안둘거예요. 오늘은
　　　　단단히 혼줄을 내주고 말거라구요.

여인 2 : 알았으니 어서 가자구요. 혼줄을 내더라도 예배 끝난
　　　　다음에 해요. 어서 가요. (밀듯이 여인 1을 데리고 퇴
　　　　장)

　　－목사와 집사 등장－

김집사 : 목사님, 이번참에 차를 바꾸시는게 어떠십니까?

목　사 : 차를 바꿔요?

김집사 : 예, 목사님 품위에 어울리지 않는 것 같아요. 목사님
　　　　정도라면 적어도 92년식 신형 슈퍼 살롱 정도는 돼야지
　　　　요. 교인들 중에 쏘나타나 콩코드를 끌고 다니는 사람
　　　　도 있잖아요. 거기에 르망이 말이나 됩니까. 그건 목사
　　　　님이 교인들 앞에 서시는 데도 문제가 됩니다.

목　사 : 아니, 뭐가 문제란 말입니까?

김집사 : 왜 문제가 안됩니까. 우선 자존심부터 상하는 일인데
　　　　요. 목사님께서 강단에 올라가 설교를 하시면 아마 그
　　　　들은 얏보거나 깔 볼지도 모르는 일입니다. 그렇게 되
　　　　면 목사님의 설교가 그들의 귀에 들어갈리도 없구요.
　　　　그건 그들의 잘못이지만 목사님에게도 책임은 있으신접
　　　　니다.

목　사 : 하긴 듣고보니 그렇군요. 그렇지만 요즘 교회에 하도
　　　　시끄러운 문제가 많은데 시간이 좀 흐른뒤에 바꾸는게
　　　　어때요?

김집사 : 아니 그건 말도 안됩니다. 교회 내의 문제는 언제나
　　　　있기 마련입니다. 그런걸 두려워 하셔서는 안되죠. 목사
　　　　님께서는 언제든지 든든한 모습으로 서계셔야 저희들이
　　　　안심이 됩니더.

목　사 : 그렇긴 하군요. 그럼 집사님이 알아서 하세요. 정말
　　　　여러모로 신경을 써주셔서 고맙습니다. 하나님이 크게
　　　　축복하시길 빌겠어요. 주의 종을 끔찍히 여기시는데 하
　　　　나님이 가만 계시겠습니까.

김집사 : 원 별말씀을 요. 그저 기도나 많이 해 주십시요.

목　사 : 그럼요. 여부가 있습니까. 어서 갑시다.

김집사 : 예,

　　　─목사와 집사 퇴장─
　　　─다시 집사들 등장─

이집사 : 오집사님 다음 주에 목사님 생신이 들었는데 어찌
　　　　죠? 우리 여전도회에서 선물을 준비해야 옳지 않을까

요?

오집사 : 여부가 있습니까. 무엇이 좋을까 저도 생각중인데 통
    마땅한 것이 떠오르지 않았어요.

이집사 : 해마다 이런 일만 닥치면 골머리가 아파요. 뭘 해드리
    긴 해 드려야 할텐데 뭐가 좋을지.

오집사 : 그러지 말고 이번엔 현찰로 드립시다. 돈이란 게 아무
    리 많아도 부족한것 아닙니까.

이집사 : 하긴 그렇죠. 그것도 좋은 방법같네요.

오집사 : 그럼 내일부터 집사님들에게 전화를 해서 꼭좀 전해
    주세요. 우리 교회 여자 집사가 30명이 넘으니까 2만원
    씩만 걷어도 60만원이 되는 군요.

이집사 : 2만원은 너무 무리가 아닐까요?

오집사 : 무슨 소리예요? 아니 주의 사자님이 거집니까? 돈
    만원을 적선하듯 던져주게.

이집사 : 그것도 그렇군요.

오집사 : 특히 각 구역장들은 3만원씩 걷는다고 전하세요. 구역
    장이 15명이니까 45만원 나머지가 30만원 합하면 75만
    원이 아닙니까. 그것으로 양복 한벌 해드리고 나머지는
    현찰로 드리자구요.

이집사 : 아무튼 얘기나 해볼께요.

오집사 : 얘기나 해 본다는 소리는 달갑지 않네요. 목사님 대접
    을 소홀히 하면 안됩니다. 알겠습니까?

이집사 : 예, 그거야 알고 있지요.

오집사 : 그럼 지금부터 연락을 취해 봅시다.

　－이, 오집사 퇴장－
　－무대 중앙으로 도현이 등장－

도　현 : (독백) 아니야, 그렇지 않아. 내 종교적인 양심은 순수
　　　　하다구. 시대와 상황에 따라 옷을 바꿔입는 그런 얄팍
　　　　한 양심이 아니라구. 주님, 성민이 말이 옳습니까? 성
　　　　민의 동생 성환이는 정말 교인들로 부터 상처를 받고
　　　　자살을 한 것입니까? 주님 어느것이 올바른 생각입니
　　　　까? 제 판단의 기준을 세워 주시고 현명한 지혜를 주
　　　　옵소서.

　－조명 out 막 내림－

제 2 막

　무대 중앙에서 성민이 술을 마시고 있다. 무대는 성민의 방,
술에 많이 취해 있다.

성　민 : (많이 취한 어투) 세, 세상은 이미 썩었어. 문뎅이같은
　　　　세상 그런 썩은 세상을 보고 달려드는건 벌레들 뿐이
　　　　지. 이 썩은 세상을 뜯어먹고 사는 벌레같은 사람들이
　　　　오늘 우리란 말이야
　　　　(술잔을 들어 마시고 잔을 ‘툭’ 쟁반위에 내려 놓는다.
　　　　안주도 갖다 놓고 과자 부스러기를 먹는다.)
　　　　뭐? 정말 웃기고 있네. 천국 가는게 소원이라구? 천

국? 으하하하. 그렇지 천국은 벌레들이 가는 곳이지.
벌레만 살수 있는 곳이 말하자면 천국일테지. 난 벌레
만도 못하니까 지옥에나 떨어질 테지. 으하하하. 정말
더럽고 치사스런 세상 에라 모르겠다. 술이나 마시자.
(술을 부어 마신다.) 키야, 정말 죽여주는군. 천국에 갈
수 있는 자격증을 딴 교인들에게 박수를 쳐줘야지.(몸
을 흐느적거리며 박수를 친다.) 이번잔은 벌레들을 위
해 천국을 예비하신 하나님을 위해 건배! (허공에 술
잔을 들어 보이며 마신다. 이때 도현 등장)

도 현 : (기가 차다는 듯) 아니, 너 미쳤어? 이게 도대체 몇
      병이야. 정말 애가 왜이래. 너 정신 안차릴래?

성 민 : 으하하하, 정신 차리라구. 야 이 멍청한 신도야. 이 세
      상은 말야 정신을 똑바로 차리고 살면 못산다. 그래도
      살수 있는건 이 술 때문이라구. 술이 없었으면 그나마
      견디기도 힘들었을 거야. 이리와 한잔하자.

도 현 : 야, 성민아. 너 어쩌자구 이러는 거야. 왜이래 정말.
      (술잔을 빼앗는다.)

성 민 : 이리내, 자식아, 술 맛 떨어지게 왜이래. 어서 이리 내
      놓으라구. 어, 안줘. 좋아, 좋아. 잔 없으면 못 마시냐.
      (술병채 물고 마신다. 도현 술병을 빼앗는다.)

도 현 : 성민아, 정신차려. 그럴수록 정신 똑바로 차리구 살아
      야지. 술기운으로 살아서 될 말야!

성 민 : 넌 몰라, 내 마음을 짐작도 못한다구.

도 현 : 뭘 짐작도 못해, 뭔지 말이나 어서 해 봐.

성　민 : 네까짓게 알면 얼마나 알아, 관둬 다 필요없다구. 사
　　　　람이 산다는건 말야. 그 흔해빠진 사람들이 산다는 건
　　　　말야.

도　현 : 그래, 사람들이 산다는게 뭐 어쨌다는 거야.

성　민 : 한 푼의 가치도 없이 살고 있다는 애기야. 막말로 제
　　　　몸보신하기 위해 사람을 잡아먹고 산다는 뜻이지 알았
　　　　어? 서로 물고 뜯는 그런 세상에서 무슨 낙을 바라보
　　　　며 살겠느냐구. 난, 나는 적어도 양심을 속이면서 살고
　　　　싶지가 않아. 눈을 흘기면서 제 눈의 들보를 드러내 보
　　　　이는 위선적인 삶을 살고 싶지가 않다구.

도　현 : 그럼, 너라도 바르게 살면되지 왜그래.

성　민 : 그렇지, 바로 그거야. 그래서 난 이렇게 술을 마시고
　　　　있는거야. 너무도 서럽고 슬프기 때문에 술을 마시는거
　　　　라고. 사람의 따뜻한 정이 없는 이땅에서는 도저히 견
　　　　딜 수가 없어. 성환이처럼 나도 훨훨 아무도 없는 하늘
　　　　꼭대기로 날아가고 싶다구. 거기엔 내가 슬퍼해야 할
　　　　일이 없을거야. 왠 지 알아? 그건 그곳에는 이땅의 사
　　　　람들이 없기 때문이지. 욕심을 부릴 필요도 없고 탐욕
　　　　스런 사람도 없는 그저 못난 사람들만이 한것 어울려
　　　　사는 곳이라구. 난 그곳을 가기로 결심했어. 더이상 바
　　　　랄것 없는 이땅에서는 내 존재가치를 상실했다구. 알겠
　　　　어?

도　현 : 아니, 너 장말 제정신으로 하는 애기야?

성　민 : 난 언제나 제정신이었어. 정신을 흐렸다간 내가 어떻
　　　　게 물들게 될지 모르는 일 아니야? 정신 똑바로 차려

야 내가 살아있다는 생각이 든다구.

도 현 : 너 술이 과했다. 어서 자라 응, 애기는 잠자고 일어나
　　　　서 다시 해. 알았어 ?

성 민 : 일어나서 다시 해봤자 그 애기가 그 애기지 다를게
　　　　뭐있어. 다 필요없어. 난 거짓을 꾸며 선으로 만들거나
　　　　진실로 꾸밀 수 있는 재간이 없는 사람이라구. 너나 자,
　　　　난 좀더 술을 마셔야 해.

도 현 : 오늘은 안돼, 안된다니까.(술병을 빼앗는다.)

성 민 : 저리꺼져. 너도 이젠 필요없어. 난 네가 무슨 말을 지
　　　　껄여도 귀에 들어오지 않는다구.

도 현 : 좋아, 다시는 네게 교회 가자는 애기는 안끄집어 낼테
　　　　니까 오늘은 그만 자라. 자꾸 너와 언쟁만하는 것 같아
　　　　서 나도 기분이 몹시 상해지니까. 참 너 2학기 수강 신
　　　　청 했니 ?

성 민 : 휴학할거야. 군대에 가겠어.

도 현 : 군대에 입대하겠다구 ?

성 민 : 그래, 더이상 이 썩어빠진 세상에서 견딜 수가 없다.

도 현 : 그건 네가 알아서 할 일이니까 참견은 않겠어. 하지만
　　　　군대가 너의 나약한 육신을 보호해 줄만큼 좋은 피난처
　　　　는 아니야. 그만 가봐야 겠다. 일찍 자.

　　－도현 술병들고 퇴장－

성 민 : 짜식, 지가 무슨 성인군자나 된다구 지랄이야.

제 3 막

　무대 : 교인3의 집, 배경은 방안의 풍경 혹은 거실이나 응접
　　　실 분위기를 만들면 되겠다.

교인 3 : (교인4를 쳐다보며) 그래 오늘 심방은 다끝내고 오셨
　　　어요?

교인 4 : 예, 목사님이 열가정을 도느라 무척 힘이 드셨을 거예
　　　요.

교인 3 : 모두들 집에 잘 있던가요?

교인 4 : 예, 대접을 하느라 애쓴 흔적이 많더군요. 심방 때가
　　　되면 살이찌는 소리가 들리는 것 같아요. 벌써 2kg이나
　　　늘었는 걸요.

교인 3 : 별 일들은 없구요? 다들 평안하지요.

교인 4 : 왠 걸요. 김정숙 성도님 가정은 아주 말이 아니더군
　　　요.

교인 3 : 아니, 왜요?

교인 4 : 글쎄 남편이 바람을 피운다나봐요. 벌써 4일째 집을
　　　안들어 온대요.

교인 3 : 그렇게 안봤는데.

교인 4 : 하지만 짐작은 했었어요. 김정숙씨가 워낙에 수다장이

아닙니까. 그건 아마 자신의 처지를 숨기기 위해 말이
많았다는 증거죠. 사람이 좀 과묵해서 주위의 선망을
얻어야 하는데.

교인 3 : 듣고보니 그분의 평소때 생활이 눈에 선하군요. 입이
　　　　좀 싸긴 싼사람이죠.

교인 4 : 그 사람에게 안된 일이지만 정신 바짝 차려야 겠대요.
　　　　남편이 바람피우는 상대 여자가 우리교회 모 청년이라
　　　　던데.

교인 3 : 아니, 뭐라구요. 우리교회 여자 청년? 아니, 누가 그
　　　　래요?

교인 4 : 글쎄요. 밝히기는 좀 곤란하지만 이 일이 워낙 추잡해
　　　　서, 이걸 목사님께 알려야 하지 않을까요.

교인 3 : 아니, 진상을 확실하게 파악을 해보구서하는 말예
　　　　요?

교인 4 : 그럼요. 정통한 소식통이 하는 애기였는 걸요.

교인 3 : 글쎄요. 이 일은 신중하게 처신해야 할것 같군요.

교인 4 : 그 뿐만이 아네요. 우리교회 작년 청년회장 있잖아요.

교인 3 : 김성민군 말이군요. 근데 그 사람이 왜요?

교인 4 : 글쎄 우리 애 아빠가 봤다는데 역전 술집에서 술 마
　　　　시는 걸 봤대요. 그것도 술에 푹 절은 모습으로 말예요.

교인 3 : 설마요. 그 청년은 참 성실한 사람였는데요. 혹 잘못
　　　　보신게 아네요?

교인 4 : 아녜요. 애 아빠 말고도 여러사람이 본걸요. 매일 술
　　　　로 산다는가 봐요. 사람들만 있으면 교회 욕을 하고 아
　　　　주 말이 아니래요. 누가 그러는데 망령이 들은 모양이
　　　　래요. 그것도 아주 사악한 악귀가 말예요.

교인 3 : 그럴리가, 이거 오늘은 몹시 불쾌한 소식만 접하게 되
　　　　는군요.

교인 4 : 목사님에게 알려야 되겠지요 ? 알려서 빨리 수습을
　　　　하게 말예요.

교인 3 : 아니, 어떻게 수습을 한단 말예요 ?

교인 2 : 그럼 잠자코 있는단 말예요 ? 안돼요 그건. 얘기가 더
　　　　퍼지기전에 목사님께 알려야 돼요. 이러다가　교회가
　　　　그런 사악한 무리들에게 물들고 말것 같아요.

교인 3 : 하지만 직접 눈으로 확인한 것도 아닌데 그것을 듣고
　　　　만 목사님께 전한다면 괜히 긁어 부스럼만 만들게 될지
　　　　도 몰라요. 신중히 생각해서 일이 무마될 수 있는 방법
　　　　을 찾아야지요.

교인 4 : 그렇지만 전 그들을 용서할 수가 없어요. 도저히 같은
　　　　교회에서 얼굴을 들고 예배를 볼 수가 없다니까요. 아
　　　　마 다른 성도님들도 마찬가지일 거예요.

교인 3 : 어쨌든 좀 더 두고 보자구요.

교인 4 : 그러다가 일이 더 커지면 어쩌실려구요 ?

교인 3 : 그럼 그때가서 또 의논하면 되지요. 중요한 건 그들에
　　　　게도 믿음의 뿌리가 있으니 함부로 일을 벌여서는 안돼

요. 잘못했다간 큰 상처를 남겨서 그들을 영원히 교회
밖으로 쫓아 내는 겪이 된다구요. 심판은 우리가 할 일
이 아니잖아요.

교인 4 : 그렇다고 그냥 내버려 둔다면 당장 우리 자식들에게
도 영향이 미칠텐데요. 그때가서 후회한다면 이미 늦잖
겠어요?

교인 3 : 아닙니다. 주님도 우리를 사랑하듯 그들도 끝없이 사
랑하고 계십니다. 우리도 죄가 무수히 많은 사람들인데
죄인이 죄인을 정죄한다는 것은 말도 안돼요. 형제를
사랑하듯 형제의 과실을 용서하는 사람이야 말로 주님
의 성품을 가진자가 아닌가요? 그러니 너무 깊이 관여
하지 않는게 좋겠어요. 조용히 기도를 하는 것이 참 도
리인것 같아요. 우리마저 그들을 헐뜯고 용서치 못한다
면 세상엔 용서받을 만한 사람은 아마 하나도 없을 것
같군요.

교인 4 : 글쎄요. 모두들 이 일로 인해서 분개하고 있는것 같은
데 저도 잘 모르겠어요. 아이, 내 정신좀 봐. 애 아빠 오
실 시간이네. 그럼 다음에 또 올께요.

　　　－교인4 퇴장－

교인 3 : (교인 4가 퇴장한 후 무릎 꿇고 조용히 기도한다.) 주
님, 사랑으로 만물을 지으시고 다스리시는 주님, 우리에
게 화목을 주시고 서로 용납하며 용서하는 마음을 주시
어서 우리죄를 용서 받았듯 당신의 형상을 입은 많은
사람들을 서로 용서하며 살게 하옵소서.

　　　－교인3이 기도하는 중에 3막이 내린다.－

제 4 막

무대 : 성민의 방. 성민이가 생각에 잠겨 있다.

성　민 : (한참을 멍하니 앉아 있다가 고꾸러져서 운다.) 주님,
　　　　주님, 제가 갈 길을 잃었나이다. 주님을 처음 만났을 때
　　　　그 고요한 주님의 음성, 부드럽고 사랑에찬 음성이 이
　　　　제는 들리지 않아요 주님, 주님 저의 죄를 용서하옵소
　　　　서. 죄악 속에서 헤메이는 저를 주님 용서하여 주옵소
　　　　서. 방황하는 제가 길을 잃고 어찌해야 좋을지 모르겠
　　　　나이다 주님. 주님을 처음 만났을 때처럼 다시 주님을
　　　　만나게 하여 주옵소서 주님 ～ (“내가 주를 처음 만난
　　　　날” 찬송가가 흐른다.)
　　　　(성민은 더욱 오열하며 지난 일을 참회한다. 이때 도현
　　　　이 들어와 성민의 모습을 보며 등을 어루만진다.)

도　현 : 성민아, 주님은 우릴 버리시지 않아. 그렇게 모르겠
　　　　니? 우리를 위해서 십자가에 달려 돌아가실 정도로 사
　　　　랑을 하신다구.

성　민 : 도현아, 내가 원망스럽다. 내 초라하고 추악한 모습이
　　　　싫어. 나를 도와다오. 도현아.

도　현 : 걱정마, 주님이 우리 곁에 계셔서 우리를 끝까지 지켜
　　　　주실꺼야. 너의 참회의 눈물을 우리 주님은 기쁘게 받
　　　　으실 거라구. 이제 네가 품었던 의심과 원망들을 훌훌
　　　　털어버려. 그리고 모든 사람을 다 용서해 줘. 넌 감정이

너무 섬세해서 그래. 네가 스스로 네 자신을 용서하고 그리고 그 다음에 네가 싫어하는 모든 사람을 용서해 줘. 그들도 모두 주님이 용서하신 우리의 형제들이야. 단지, 깨닫지 못한 것 뿐이라구. 그러니 네 마음에 품었던 미움을 먼저 버려, 알았지.

성　민 : 도현아

―무대는 다시 복음 성가 "주여 우리의 죄를 용서하여 주소서"가 흐르며 전 막이 내린다.―

9. 마왕의 하루
<어린이 및 청소년 用>

■ 나오는 이 : 마왕, 대마, 소마, 중마, 욕마, 동욱, 성철, 아이,
해수   총 9명

* 연출지도

　본 극을 상연시 주의할 점은 우선 코믹성에 관한 논란이다. 극의 흐름이 주로 코믹하기 때문에 작품성은 좀 결여되어 있지만 연출자분은 기도의 힘이란 정말 위대하다라는 것을 일깨워 줘야한다. 본 극을 통해서 기도를 통하여, 예수라는 이름을 통하여 마귀들이 벌벌 떤다는 것은 지극히 당연한 사실이다. 그러나, 그러한 사실을 우리는 잊고 산다. 특히 어린이들의 순수한 마음은 어떤 형태로든 기도의 위력에 대해서 자리잡아 줘야 하는데 그것은 말에 의지하는 것보다 이러한 극을 통하여 쉽게 경험하게 된다. 본 극이 사실을 위장한 허구의 세계가 아니라는 것을 연출자 분은 인식을 해서 극을 준비해야 하고 마귀소굴의 조명은 밝지 않은 조명을 써서 실감있게 연출해야 한다. 또한 마왕은 언제나 두껍고 무거운 소리로 대사할 수 있도록 충분한 연습을 시켜야 한다.

제 1 막

무대배경 : 음산한 음악이 흐르는 가운데 마귀들이 부산하게
움직인다. (조명은 침침하게)

대　마 : 어서 움직여, 조금 있으면 마왕님이 깨어나실거야. 빨
　　　　리빨리 움직이지 않으면 또다시 마왕님의 된소리를 얻
　　　　어먹게 된다구. 야! 꼬마, 너 꾸물거리고 있을거야. 어
　　　　서 서둘러 !

　─마귀들이 열심히 무대를 서성이며 바쁘게 움직인다.─

소　마 : 대마님, 이거 아직도 정보가 컴퓨터에 입력이 안됐는
　　　　뎁쇼.

대　마 : 뭐야! 이 머저리같은 놈, 너 누구 목아지 날아가는걸
　　　　보고 싶어서 그래 ! 어서 지상으로 까마를 내려보내 알
　　　　아봐.

소　마 : 네네네네, 알았습니다요.

대　마 : 야, 중마 어딨어. 중마 !

중　마 : 저, 여, 여기 있습니다.

대　마 : 지금 몇시냐.

중　마 : 새벽 1시옵니다.

대　마 : 뭐 1시 ?

중　마 : 그렇습니다. 곧 마왕님이 깨어나실 시간이옵니다.

대　마 : 그럼 모두들 제자리로 돌아가서 엎드려.

　—마귀들 정해진 자리로 돌아가서 엎드린다.—

대　마 : 야, 중마야. 정확히 카운트 다운을 해, 저번처럼 실수
　　　　하지 말고.

중　마 : 걱정 붙들어 매십쇼. 이번은 틀림없습니다.

대　마 : (무대 중앙으로 나가 관객을 향해) 야 ! 너희도 조용
　　　　히 있어, 조금 있으면 위대하신 마왕님이 깨어나실 시
　　　　간이라구. 숨소리를 내는 놈이 있으면 오늘 국물도 없
　　　　는 줄 알아.

중　마 : 대마님, 지금이옵니다. 카운트다운을 할시간이.

대　마 : 그럼 어서 해.

중　마 : 알았습니다. 열, 아홉, 여덟, 일곱, 다섯, 넷, 둘, 하나,
　　　　제로.

　—모든 마귀들 '짠짜잔'이란 소리를 낸다.—

대　마 : 야 ! 어떻게 된거야. 아직 안 일어나시잖아.

중　마 : 어, 이상한뎁쇼. 틀림없이 이번에는 제대로 셌는데.

소　마 : 아닙니다. 중마가 또 중간에서 숫자를 빼먹었습니다.

대　마 : 그럼 그렇지. 이 미련한 놈. 넌 마왕님이 깨어나시는
　　　　대로 이디오피아 행이다.

중　마 : 옉 ? 뭐뭐라굽쇼 ? 이디오피아요. 대, 대마님 제발 그

곳만은 보내지 마십쇼. 전에도 이디오피아에 가서 굶어
죽을 뻔 했습니다. 제발이지 그곳으로……

대 마 : 시끄러워, 이 멍청아.

  ―이때 조명이 들어 오면서 마왕이 기지게를 켜고 일어난
다.―

마 왕 : 아~ 하 잘잤다. 그런데 왜이리 소란하냐.

대 마 : 아, 아니옵니다. 그저 저희들은 마왕님의 기상시간이
        돼서 몹시 기쁘고 즐거울 뿐이옵니다. 그래서 좀.

마 왕 : 그래, 어쨌든 너희들을 다시 보게 되어 정말 기쁘구
        나.

대 마 : 대왕님 저희들의 문안인사 받으십시오.

마 왕 : 그래 어서 해라.

  ―마귀들 일제히 일어나서 큰절을 한다.―

마 왕 : 그래, 너희들도 그동안 잘 있었느냐?

대 마 : 그렇사옵니다. 저희들은 마왕님께서 쉬고 계시는 동안
        최선을 다해서 맡겨진 일을 했습니다. 그것이 저희들의
        참다운 휴식이었습니다.

마 왕 : 그럼 어서 그동안의 일들을 보고 해 보라. 2000년 동
        안 무슨 일이 어떻게 됐는지 궁금하구나.

대 마 : 알겠사옵니다. 그럼 지금부터 시작하겠사옵니다. 우선
        소마의 보고부터 들으소서. 소마는 어서 대왕님께 보고
        하라.

소　마 : (일어서서) 마왕님, 그동안 제가 담당한 살인운동면에
　　　　서는 실로 놀라운 업적을 세웠습니다.

마　왕 : 그럼, 어서 보고해 봐라.

소　마 : 예,(노트를 펼치면서) 그간 지상에서 일어난 살인사건
　　　　의 횟수는 1년마다 평균 6974221건이 벌어졌사옵니다.

마　왕 : 호오, 그래. 정말 훌륭한지고. 그래서.

소　마 : 그래서 7456211명이 살인 사건에 연루돼서 죽은 셈이
　　　　죠. 이것은 2000년 동안 따져 보면 14912422000명이 죽
　　　　은 셈입니다.

마　왕 : 과히 천문학적인 숫자로고. 정말 잘했도다.

소　마 : 특히 그중에는 기독교인들도 꽤 됩니다.

마　왕 : 아니, 기독교인들도 ? 그게 얼마나 되는지 말해 보라.

소　마 : 7명 이옵니다.

마　왕 : 아니, 그렇게나 많으냐, 정말 기쁘구나. 수고했다.

소　마 : 감사하옵니다.

대　마 : 다음은 욕심마귀의 보고가 있겠사옵니다. 욕마는 어서
　　　　마왕님께 보고하라.

욕　마 : 그럼 보고 하겠사옵니다. 지난 2000년 동안 지상에서
　　　　있었던 모든 사건들 중에서 가장 두드러진 사건이 도둑
　　　　질이었사옵니다.

마　왕 : 뭐야, 도둑질.

욕　마 : 그러하옵니다. 저희들이 심혈을 기울여서 예수믿는 자
　　　　들도 도둑질을 하도록 충동질 시켰사옵니다.

마　왕 : 뭐야, 정말 수고했다. 그놈의 예수쟁이들이 도둑질을
　　　　하게 만들다니, 그것 정말 반가운 소식이구나.

욕　마 : 특히 바늘 도둑이 소도둑 된다는 유언비어를 사람들
　　　　마다 잊어버리게 만들어 놓고 어린아이들이 도둑질을
　　　　하도록 만들었사옵니다.

마　왕 : 어린애들을 ?

욕　마 : 그렇사옵니다. 세상은 어린애들만 타락시키면 우리 손
　　　　아귀에 들어오게 되어 있사옵니다.

마　왕 : 역시 도둑놈의 조상답구나.

욕　마 : 감사하옵니다 마왕님. 도둑질이라는 것은 정말 좋은
　　　　것이지요. 그리고 아이들은 뭘 몰라서 마음에 욕심이
　　　　생기면 곧잘 훔치는 짓을 잘하지요. 그래서 아이들에게
　　　　제가 접근을 해서 충동질을 했사옵니다. 그랬더니 두번
　　　　도 생각않고서 도둑질을 했사옵니다. 정말 머저리같은
　　　　애들입니다. 그들 중에는 교회에 다니는 아이들도 많다
　　　　구요. 선생님 지갑을 훔치게도 만들고 엄마, 아빠의 호
　　　　주머니를 뒤져서 돈을 훔치게 하면 영락없이 도둑놈이
　　　　되는 것이옵니다. 한 번 도둑질을 하면 영원한 도둑놈
　　　　이 되지 않사옵니까. 한번 해병은 영원한 해병, 한번 도
　　　　둑질은 영원한 도둑놈.

마　왕 : 으흐흐흐하하하하, 정말 잘하였도다. 교회에 다니는 애
　　　　들까지 도둑질을 하게 만들다니 그건 놀라운 사실인데,

그럼 그들은 예수를 잘 믿지않는 애들이겠구나.

욕 마 : 그렇사옵니다. 몸만 교회로 가 있을 뿐 마음은 늘 훔
      칠생각만 하게 할 것이옵니다. 제가 바로 그 일을 하기
      위해 이를 악물었사옵니다. 도둑질을 한 아이에게 찰거
      머리처럼 달라 붙어서 영원한 도둑놈으로 만들고 이 다
      음엔 저와 함께 또 영원한 지옥으로 갈 것이옵니다.

마 왕 : 으흐흐흐하하하. 교회 다니는 어린 애들이 지옥으로
      간다? 예배드릴 때 도둑질 할 생각에만 사로잡혀 있
      다? 이거야 말로 기가 막힌 일이구나. 어디 한 번 열
      심히 해 보도록 하라.

욕 마 : 최선을 다해 보겠사옵니다. 예수믿는 어린애들은 아무
      것도 몰라서 잘 넘어가니까 이 도둑놈 만드는 건 시간
      문제이옵니다요.

마 왕 : 자, 잠깐. 내가 2천년동안 잠을 잤더니 머리가 무겁구
      나 가서 세상을 두루 돌아보고 와서 다시 듣도록 하자.

대 마 : 하지만 지금은…

마 왕 : 아니, 왜그러느냐?

대 마 : 세상이 어수선해서 마왕님의 심기가 불편해질까봐.

마 왕 : 아니, 세상이 어수선하면 더 즐거운 일이거늘 오히려
      잘된 일이 아니더냐.

대 마 : 그, 그것이 아니옵고 극성맞은 고 예수쟁이들이 있어
      서 마왕님이 혹 놀래실지도 모르옵니다.

마 왕 : 걱정할거 없다. 2천년전에 예수를 죽이고 난 후 보헤

사 성령이 내려와 놀래서 2천년동안 내가 잠들었지 않
느냐, 그것보다 더 놀랠 일이 어디 있겠느냐. 걱정할 것
없느니라.

대 마 : 하지만 요즘 교인들은 너무 무식해서 그렇사옵니다.
저희들을 보고 마귀새끼니, 나쁜놈이니 하며 욕을 해댑
니다. 그래서 마왕님께도…

마 왕 : 뭐야? 너희보고 욕을 해?

대 마 : 그렇사옵니다.

마 왕 : 저, 저런 지옥에 갈 놈들. 그런 놈들은 끝까지 싸워서
지옥으로 끌고 와야지. 뭐때문에 피하느냐.

대 마 : 하지만 그 보혜사 성령 때문에 일이 잘 안될 때가 더
많사옵니다.

마 왕 : 괜찮다. 성령이야 나처럼 보이지 않으니까 사람들을
의심하게 만들면 되잖느냐. 그래서 성령을 받아들이지
않으면 저들도 아무런 권능을 발휘할 수 없을 것이야.

대 마 : 아 하, 그렇군요. 정말 마왕님은 머리가 좋으셔.

마 왕 : 이런, 무례한 놈. 감히 누구보고.

대 마 : 죄, 죄송하옵니다. 제가 그만 실수를 저질렀군요. 어서
가시죠. 마왕님.

마 왕 : 갔다 올동안도 열심히 일을 하구 있어 알겠느냐.

모두다 : 알겠사옵니다. 마마.

　　─마왕 퇴장─

제 2 막

　무대배경 : 길거리, 상점 앞이나 어린이들이 잘 모이는 곳으로 한다.

동　욱 : 야, 넌 왜 그렇게 의심이 많니?

해　수 : (놀라며) 내, 내가? 내가 뭘?

동　욱 : 아까도 그랬잖아, 하나님이 어디 있냐구. 있으면 보여달라구 했잖아. 선생님한테, 그리고 예수님이 나사로를 살려 주셨대니까 죽은 사람을 어떻게 살리냐고 다시 물었잖아. 넌 그걸 정말 못믿겠니?

해　수 : 그럼 넌 믿을 수 있단 말야?

동　욱 : 그걸 말이라고 해. 여기 성철이도 있지만 성철이랑 나는 하나도 의심 안해. 의심하면 못쓴댔어. 그치 성철아.

성　철 : 응, 울엄마도 의심많은 사람은 겁쟁이가 된댔어.

해　수 : 치, 그럼 너희들은 모든 걸 다 믿는단 말이야?

동　욱 : 그럼.

해　수 : 눈에 보이지도 않는데.

성　철 : 그러니까 믿음이라는 거지. 넌 꼭 봐야 믿을꺼야?

해　수 : 그럼, 보지도 않는걸 어떻게 믿어? 거짓말장이나 나쁜 사람이 거짓말 하는 것처럼 난 믿지않아. 난 내

눈으로 꼭 봐야 해.

동　욱 : 넌 할아버지 봤니?

해　수 : 아니. 못봤어.

동　욱 : 그럼 네 할아버지는 없었어?

해　수 : 아니, 할아버지야 우리 아버지의 아버지니까 계셨었지
　　　　뭐. 근데 그것하고 하나님하고 무슨 상관이 있어.

성　철 : 왜 없어. 네 할아버지가 일찍 돌아가셔서 네가 못본
　　　　것이지 계셨었다는 것은 믿을 수 있잖아. 그것처럼 하
　　　　나님도 계시단 말야.

해　수 : 그럼 하나님도 돌아가셨어?

동　욱 : 그게 아니라 하나님은 보지 않았지만 계시다니까.

해　수 : 아니야, 다 거짓말이야. 난 믿을 수 없어.

성　철 : 그럼 목사님이 거짓말장이냐?

해　수 : 글쎄 그건 모르겠어.

동　욱 : 그것봐. 자신이 없잖아. 그냥 하나님이 계시다고 믿어.
　　　　그러면 돼. 의심이 많으면 겁장이야. 그리고 성경책을
　　　　보면 잘 나와 있잖아.

해　수 : 근데 왜 근수는 교회를 다니면서 거짓말도 잘하고 물
　　　　건도 훔치는 거야?

성　철 : 그건 믿음이 없기 때문이야.

해　수 : 근수는 교회를 열심히 다니는데 왜 믿음이 없어?

동　욱 : 믿음이 있으면 그런 짓 안해. 그런 짓은 마귀가 시키는 거야. 마귀는 선생님이 그러는데 의심을 가지게도 만들고 못된짓도 하게 한댔어.

해　수 : 그럼 내가 의심하는 것도 마귀가 시킨단 말이야.

성　철 : 그래 바로 그거야. 마귀는 예수님을 못믿게 하는 아주 벌레같은 놈이래.

해　수 : 벌레?

동　욱 : 그래 벌레. 바퀴벌레나 구더기같은 벌레 말이야.

해　수 : 그럼 내가 그런 벌래가 시키는대로 의심을 하고 근수는 나쁜짓을 한단 말이야.

성　철 : 그렇지. 태정이가 욕을 잘하고 싸움을 하는 것도 그 못된 마귀가 시키는거야.

해　수 : 그럼 난 마귀가 시키는대로 따라 한다구? 싫어. 난 마귀는 싫단 말이야.

동　욱 : 그러니까 의심하지 말라구.

해　수 : 알았어. 의심하지 않을께. 근데 너희들처럼 믿음이 생길려면 어떻게 해야 되지?

성　철 : 그건 아주 간단해. 주일마다 교회에 가서 예배를 드리고, 그리고 선생님이 시키는대로만 하면 금방 믿음이 생겨. 기도하면서 말야.

해　수 : 난 기도도 못하는데.

동　욱 : 아니야, 기도는 아주 간단해. 그냥 내가 나와 함께 애기를 주고받듯 하나님께도 애기한다 생각하면 돼.

해　수 : 보이지도 않는데 어디다 애기를 해. 날 미쳤다고 그러
면 어떻게 해.

성　철 : 아니야. 조용한 곳에서 눈을 감고 두손을 모아서 기도
하는 습관부터 들이면 돼. 너무 걱정하지마. 잘 될테니
까.

동　욱 : 성철아, 이제 집에 가자. 해수도 알아 들었을 거야.

성　철 : 그래, 그럼 주일날 꼭 와야 돼.

해　수 : 응, 알았어.

　　ㅡ성철, 동욱 퇴장ㅡ

해　수 : (동욱과 성철이가 퇴장한 후 무대를 서성이며 생각에
잠긴다. 마왕은 뒤에서 해수를 졸졸 따라다니나 해수의
눈에는 보이지 않는다.) 기도? 기도를 어떻게 한다구.
나도 애들처럼 믿음이 있었으면 좋겠는데.

마　왕 : (음침한 목소리로) 야이, 멍청한 놈아.

해　수 : 어, 이, 이게 무슨 소리지? 아무도 없는데 내가 잘못
들었나?

마　왕 : 잘못 듣긴 뭘 잘못들어? 이놈아, 세상에 보이지도 않
는데 기도는 뭔 소용이 있어!

해　수 : 누, 누구냐!

마　왕 : 나? 난 너를 보호하는 위대하신 신령님이시다.

해　수 : 뭐라구？

마　왕 : 넌 지금 친구들의 꾀임에 빠졌어. 넌 잘못된 생각을 갖고 있는 거라구. 네가 이 세상에서 최고야. 마음대로 살아도 된다구. 그까짓 교회에 가서 거짓말장이들의 얘기를 뭐할려구 들어. 교회에 안가는게 좋아, 알았니？

해　수 : 아; 아니야. 난 교회 가기로 결심을 했어. 그리고 예수님한테….

마　왕 : 히 야, 악, 너 너 입닥치지 못해！ 예수라는 말은 하지 마. 예, 예수가 어디있어.

해　수 : 아니야, 예수님은….

마　왕 : 악, （넘어지고 나뒹군다.） 이, 멍청한 꼬마야 제발 그 말만은 하지 말래니까. 내가 눈깔 사탕사줄 테니까 알았지 귀여운 꼬마야 응？

해　수 : 너, 넌 마귀가 틀림없어. 애들이 말하는.

마　왕 : 아니야, 난 마귀가 아니라 천사라구.

해　수 : 그런데 왜 예수라면.

마　왕 : （또 넘어지고 엎어지며 발광한다.）

해　수 : 어, 이상하네. 왜 마귀는 예수라는 말만 나오면 저렇게 질겁을 할까？ 정말 재미있는데.

마　왕 : 야, 이 꼬마놈아. 내가 장난감 사줄께. 제발 예수라는 말을 입에서 내뱉지 마 응, 장난감이 싫으면 롤라스케이트？ 피자？ 컴퓨터？ 네가 원하는 거라면 뭐든지 사줄테니까 제발 예수라는 말만은 하지 마라. 응.

해 수 : (중얼거린다. 둘러보며) 틀림없이. 마귀가 분명해. 좋아. 나도 기도해야지 마귀를 쫓아야겠어. 하나님 저 못된 마귀를 쫓아 주세요. 벌레같은 마귀를 요.

마 왕 : 뭐? 벌레라구? 이, 이런 못된 놈. 야, 그만해 너 미쳤니?

해 수 : 하나님. 마귀를 쫓아 주세요. 예수님이 귀신을 쫓아 주세요. 네?

마 왕 : 으 악, (마침내 바닥에 엎어져 마왕 기절한다.)

해 수 : 어, 정말 신기하네. 금방까지도 시끄럽게 굴던 마귀가 조용해졌네. 하나님 고맙습니다. 빨리 애들한테 가서 자랑해야지.

　　－해수 퇴장－
　　－잠시후 마왕이 비틀거리며 일어선다.－

마 왕 : 이, 이런 빌어먹을 놈. 감히 누구 앞에서.

　　－이때 한 아이 울면서 등장. 마왕 일어나서 구석으로 숨는다.－

아 이 : 하나님 정말 제가 잘못했어요. 용서해 주세요. 제가 그만 화가 나서 칠성이를 때렸어요. 하나님, 칠성이가 마음이 많이 아프겠지요? 하나님 저를 때려 주세요. 네?

마 왕 : (아이에게로 다가서며) 이것봐 꼬마야. 잘한 일 가지고 왜 그러니?

아　이 : 누, 누구냐!

마　왕 : 난 네가 가장 좋아하는 신령님이시다.

아　이 : 신령, 세상에 그런게 어딨어.

마　왕 : 꼬마야, 걱정하지 마라. 난 널 도우러 하늘에서 왔단
　　　　다.

아　이 : 뭐? 날 도와준다구?

마　왕 : 그래. 넌 친구를 때렸다지? 괜찮아, 말 안듣는 애는
　　　　마구 때려야 해. 잘했어 정말 잘했다구. 그런 일 가지고
　　　　울구불구 난리야.

아　이 : 넌 분명히 마귀가 맞아. 성경 말씀에 보면 친구를 사
　　　　랑하라고 했는데.

마　왕 : 아니야. 그 성경은 만화책보다도 재미없는 책인데 그
　　　　런 거짓말 투성이의 책을 가지구 왜 이러니?

아　이 : 이런 못된 마귀. 예수님 저 마귀를….

마　왕 : 으 아악. 정말 왜이러니. 내가 뭘 질못했다구. 제, 제발
　　　　그 예수라는 이름을 내뱉지 마라 응?

아　이 : 히, 요게 벌벌 떠는 걸보면 마귀가 분명한데? 안되겠
　　　　어. 무릎꿇고 기도해야지(아이 무릎 꿇고 기도한다.)

마　왕 : 애, 제발 이러지 마. 내가 맛있는거 사줄게 응.

아　이 : 하나님. 지금 마귀가 나타났어요. 우리의 원수 저 마
　　　　귀를 물리쳐 주세요. 마귀가 똥물에 빠지게 해 주세요.

마 왕 : 뭐? 똥물? 아니, 얘가 왜이래? 야, 꼬마야. 제발 그
         또 똥물만은.

아 이 : 하나님, 저 마귀가 똥물에 빠져서 예수믿는 애들이 무
         섭다는 것을 알게 해 주세요. 예수님 이름으로 기도합
         니다. 아멘.

  ―아이 퇴장―
  ―마왕 똥물 속에서 아우성을 친다.―

제 3 막

무대배경 : 마귀들의 소굴, 다시 모든 마귀가 지상으로 내려
간 마왕 맞을 준비에 바쁘다.

대 마 : 애들아! 어서 서둘러라. 마왕님이 도착하실 시간이
         야. 중마야, 지금 해가 어디에 걸렸느냐.

중 마 : 지금 서산에서 빨갛게 물들어 있습니다.

대 마 : 그래? 그렇담 이제 곧 오실 시간이군. 어서 서둘러서
         길을 닦아놓고 마왕님 맞을 준비를 하라. 그리고 너 중
         마는 카운터다운을 제대로 해. 오늘 아침처럼 했다가는
         이디오피아로 보내 버릴테니까. 알았어!

중 마 : 예, 예 염려마십쇼.

대 마 : 그리고 소마야, 요즘 예수믿는 사람들을 현혹시킬 좋
         은 안건 10가지만 컴퓨터에서 뽑아내 이따가 마왕님께
         보고하도록 해 알았니?

소 마 : 알겠습니다요. 그런데 컴퓨터가 너무 낡아서 작동이
       잘.

대 마 : 그럼 바꾸면 될게 아니냐. 요즘 새로나온 컴퓨터도 많
       다는데.

소 마 : 그렇지만 지난번 운영비를 대마님께서 다 쓰셨잖습니
       까.

대 마 : 아니, 그럼 컴퓨터 살 돈도 없단 말이냐?

소 마 : 그, 그것이……

대 마 : 이, 이런 빌어먹을, 그럼 낡은 컴퓨터라도 조종을 잘
       해봐. 지금은 어쩔수 없잖아.

소 마 : 알, 알겠습니다요.

욕 마 : 대, 대마님 지금 마왕님께서 오신다는 전갈이 컴퓨터
       에 입력 됐습니다요.

대 마 : 뭐, 그래. 그럼 모두들 엎드려 마왕님께 경배할 준비
       를 하고 중마는 카운트 다운을 시작해라.

중 마 : 예, 대마님.

　－모두들 엎드려서 마왕 맞을 준비를 한다.－

중 마 : 그럼. 지금부터 카운트다운을 시작하겠습니다. 열, 아
       홉, 여덟, 일곱…

대 마 : 자 잠깐. 어느놈이 지금 방구를 뀌었느냐. 캬! 냄새
       한번 지독하다. 이거 마왕님이 들어 오시면 불벼락 맞
       겠다. 대체 어떤 놈이냐. 이 녀석들 거짓말 감지기에 대

고 물어봐야 실토할테냐! 중마, 너지.

중　마 : 아, 아닙니다요. 전 오늘 하루종일 아무것도 안먹었는데쇼.

대　마 : 그, 그럼 소마 너지!

소　마 : 저, 전 방귀가 뭔지도 모르고 사는 마귀옵니다요.

대　마 : 그럼 까마 너지!

까　마 : 아이고 대마님. 제가 감히 누구 앞에서 방구를 뀌겠습니까. 아닙니다.

대　마 : 키야. 이게 미치도록 냄새가 나네. 점점 더하잖는냐. 세상에 무슨놈의 냄새가 이리 지독하냐.

중　마 : 저, 저 대마님 지금 마왕님이 오셨습니다요. 바로 코 앞입니다.

대　마 : 뭐, 뭣이라구. 이거 야단났구나. 어, 어서 엎드려. 아이구 냄새야.

　ㅡ마귀들 모두 코를 쥐고 아예 숨도 안쉰다.ㅡ
　ㅡ마왕 등장ㅡ

마　왕 : 우 왜 체! 빌어먹을 냄새. 으이그, 고놈의 예수 종자들.

대　마 : 마, 마왕님, (코를 한 손으로 쥐고) 죄송하옵니다. 그만 여기있는 누군가가 방구를 꼈는데 자백을 받아내지 못하고 너무 급작스러워서.

마　왕 : 방구는 무슨 놈의 방구! 이런 머저리 같은 놈들. 으

이그 네놈들 때문에 하루종일 똥통에 쳐박혀 있었어,
이놈들아.

대　마 : 뭐, 뭐라굽쇼? 똥통이라뇨?

마　왕 : 시끄러워 이 미련한 놈아. 뭐가 어쩌구 어째. 세상이
　　　어수선하다구 이런 죽일놈, 너 때문에 똥물 뒤집어 썼
　　　다는데 똥통이라뇨? 넌 이디오피아 행이야. 세상에 가
　　　니까 예수쟁이들이 바글 바글 하던데 뭐라구 모두 도둑
　　　질을 하도록 만들었다구. 으이그 속터져. 아, 뭐해! 어
　　　서 목욕물 데우지 않구!

대　마 : 아, 알겠사옵니다.

마　왕 : 내 몸에서 똥물 씻어 낼려면 한 오천년은 걸리겠다.
　　　어디 목욕하고 나서 보자. 이놈들 모두 죽을 줄 알아!
　　　으이그 그놈의 예수쟁이들, 이 원수를 어떻게 갚지. 내
　　　기필코 오늘의 수모를 갚고야 말리라.

　─전 막이 내린다.─

10. 목숨보다 소중한 것
<청소년 用>

■ 나오는이 : 최집사, 김장로, 두민, 사모, 순사1 · 2, 서장,
　　　감찰, 형사부장　　총 9명

* 연출지도

본 극은 필자의 교회에서 공연한 바 있다. 물론 대본을 여러번 수정하는 과정을 거쳤지만 뼈대는 이 대본을 크게 벗어나지는 않았다. 특히 이 극에서는 소품이 많이 필요하다. 시대극이므로 그 시대에 맞는 의복과 무대장치가 필요하다. 가능하면 소품이 걸맞도록 신경써서 해야 하며 조명설치도 알맞아야 한다. 어떤 경우이든 마찬가지이겠지만 대본을 반드시 수정하는 과정을 거치는 것이 좋다. 형편과 처지에 맞도록, 그래서 좀더 효과적인 극을 공연 했으면 한다.

제 1 막

　─막이 열리면 장로 방에서 성경책을 보고 있다. 그때 최집사 성경책을 들고 황급히 들어온다.

최집사 : 장로님, 큰일났습니다.

김장로 : 아니, 최집사 아니오. 어서 오시오. 왠 일이십니까.

최집사 : 왠일이고 뭐고 큰일이 났습니다.

김장로 : 자 진정하시고 앉아서 이야기 합시다. (최집사를 앉히고는)

김장로 : (웃으며 여유있게) 그런데 무슨일이 최집사를 이리 허둥대게 했을꼬?

최집사 : 장로님, 놈들이 이젠 성경책까지 보지 못하게 한답니다.

김장로 : 성경을요? 왜요? (놀라며)

최집사 : 왜긴요, 독립에 관여한 모든 행동은 먼지까지 털어버리겠다는 놈들의 속셈이죠.

김장로 : 그렇담 성경이 없다고 하면 될게 아니오.

최집사 : 그게 글쎄 어렵게 됐습니다. 놈들이 교인 명부를 죄다 가져가서 집집마다 수색을 한대요.

김장로 : (길게 한숨을 쉬며 머리를 쳐들고) 주여 !

최집사 : 장로님(짜증내며) 지금 주여 ! 할 시간이 없어요.

김장로 : 최집사(나무라듯) 그 무슨 어리석은 말씀이시요. 다
    길이 있을 겁니다. 너무 염려 마시고 주님께 맡기자구
    요. 단 성경만은 목에 칼이 들어와도 뺏기면 안됩니다.

최집사 : 글쎄(뾰루퉁 해져) 전들 뺏기고 싶어 뺏기겠습니까.
    요즘은 교회다닌다는 이유로 곡식도 못 사 먹는 판인데
    요.……

김장로 : (최집사의 말에 아무말 못하고 염려스런 표정으로 골
    똘히 생각한다.)

    ─그때 밖에서 어린 아이들이 우당탕 거리며 문을 열고 아
빠를 부르며 뛰어 들어온다.─

두 민 : 아빠, 아빠 큰일났어요.

김장로 : 두민아 왜그러는게야.

두 민 : 아빠, 글쎄 순사들이 칼을 차고 다니며 교인들을 잡아
    가고 있어요.

김장로, 최집사 : 뭣이, 왜 ?

두 민 : 성경을 내놓지 않는다구 그런대요.

최집사 : 거 보십시요. 이젠 죽일지도 몰라요.

김장로 : (최집사 말을 들은척도 안하고) 그래 얼마나 되든 ?

두 민 : 그러니까 마을에 꽉 찼어요. 보이는 게 붉은 안장을
    한 순사들과 잡혀가는 교인들 뿐이에요. 에들이 올구불
    구 난리예요.

최집사 : 어떻게 하실 겁니까 장로님. 그깟 성경없이도 예배는 드릴 수 있잖습니까.

김장로 : 거 쓸데없는 소리. 주님을 욕되게 하지 마시오.

최집사 : 그럼 어떡하실 참입니까? 불한당 같은 놈들에게 맞아 죽을 겁니까, 아님 맞서 주먹쥐고 싸울까요.

김장로 : 나로선 뭐라 말할 수가 없어요. 목사님께나 가 봅시다.

최집사 : 대책을 세워야죠. 이거 참, 불쌍한 우리 평신도들은 그동안 굶주림에 허덕인것만도 어딘데.

김장로 : 자, 고정하시고 어서 일어납시다.
　　　두민아, 엄마 들어오면 목사님께 다녀오마고 여쭤라.

두　민 : 네!

제 2 막

　―김장로, 최집사 퇴장. 두민 엄마(사모)가 시장 바구니를 들고 등장한다. 두민 엄마에게 시장바구니를 받아들고 인사한다.
―

두　민 : 엄마 다녀오셨어요.

사　모 : 그래, 잘 놀았지.(바구니를 건네주며 등을 두들겨줌)

두　민 : 네, 근데 큰일났어요.

사 모 : 뭐가(사온 물건을 정리하며).

두 민 : 글쎄, 교인들이 다 잡혀가고 있어요.

사 모 : 응, 그거. 그래 이 엄마도 시장에서 오다 사람들에게
         들었단다. 아마 말세가 온 모양이라 그런가보다.

두 민 : 말세가 오면 다 이래요.

사 모 : 그럴거라고 성경에 있잖니.

두 민 : 엄마도 성경책이 그렇게도 좋아요.

사 모 : 그럼 그걸 말이라고 하니. 세상에서 제일 소중한걸.
         이 엄만 아마 목숨과도 못 바꿀거야.

두 민 : 그래요, 나는 성경이 좋은지 잘 모르겠던데요.

사 모 : 어휴 ! 이 꼬마 신사야, 걱정할 거 없어. 조금만 크게
         되면 좋아질꺼야.

두 민 : 그렇게 됐으면 좋겠어.

   ─이때 문두드리는 소리 곧이어 순사들 등장─

사 모 : 누구세요.

순사 1 : 여기가 김용호 장로집이요.

사 모 : 그런데요.

순사 1 : 어디있소.

사 모 : 나가고 안계셔요. 무엇때문에 그러시는지…

순사 1 : 알거 없소. 소문들어 알겠지만 성경을 압수하러 왔소.

사　　모 : 압수라뇨.

순사 1 : 당신네들의 성경을 몇장 찢자니까 그렇게 하기 싫다
　　　　해서 총독 각하께서 친히 압수하라는 명령을 내렸소.

순사 2 : 김장로는 역적 모의혐의로 체포 구속하고 가족의 성
　　　　경은 모두 몰수하라는 서장의 명령이요.

사　　모 : 뭐라고요. 역적모의.

순사 2 : 그렇소, 성경을 어쩌고 저쩌고 풀이하면서 독립운동을
　　　　한것이 다 발각됐단 말이요. 잔말 말고 뒤지기전에 성
　　　　경을 내 놓으시오.

사　　모 : 우리집엔 그런 책 없소! 교회에 다 두고 왔어요.

순사 1 : 수색해.

　─순사1, 2방을 발칵 뒤집어 놓는다. 장본 물건이 엉망이다.

사　　모 : 왜들 그러십니까. (사모 달려든다.)
　　　　(순사들 뿌리침. 순사2 빨간 성경책을 발견, 사모 얼른
　　　　가로챈다.)

사　　모 : 이것은 안된다고요.

순사 2 : (성경책 순식간에 빼앗음) 이리 주시요.

　─순사1, 2 달려들어, 사모 옆드려서 성경을 내놓으려 하지
않는다. 두민이도 순사를 붙들고 늘어진다. 순사들에게 자꾸
걷어차이는 두민이 울기 시작한다.─

사　　모 : 이것만은 죽어도 내놓을 수 없다. 차라리 죽여라.

순사 1 : 정말 지독한 여편네구만.

　─순사들 사모를 발로 걸어 찬다. 뒹글려도 내놓지 않음. 두민이 엄마를 껴안고 운다. 사모 같이 운다. 순사1, 2 성경을 빼앗지 못하고 같이온 순사에게 사모와 두민을 체포하라 명령.

순사 1 : 오이상… 오이상(순사2 대답하며) 예 !

순사 1 : 이 자를 줄로 묶어 지서로 오시오.
　─순사들 퇴장. 사모 묶인채 두민이와 함께 퇴장.─

제 3 막　1 장

　─서장이 상기된 채 서 있다. 의자에는 총독부에서 나온 감찰이 앉아 심각한 듯 서장을 바라보고 있다. 긴장감이 싸늘하게 감돈다.

감　찰 : 어떻게 할 셈이요.

서　장 : 너무 걱정하지 마십시오. 말로해서 안될땐 매가 있잖습니까. 매로 해선 안되면야, 죽자는 이야기 밖에 더 되겠습니까.

감　찰 : 아무튼, 알아서 하쇼. 총독 각하가 이곳에 시찰하시기 전에 모든게 정리정돈돼야 하오. 알겠소 !

서　장 : 잘 알았습니다.

감　찰 : 남원지방에서도 신사참배에 항거, 총독을 향한 저주의 음모, 독립운동 등 골치를 앓다가 교인 45명을 형틀에

묶어서 죽이고 교회안에서 집단 화장을 시켰소.

서　장 : 그 얘긴 들어 알고 있습니다.

감　찰 : 그러니까 내 얘긴 저들을 다룰때 너무 소극적으로 두
　　　　려워 말란 말이요. 죽일수 있을땐 죽여도 좋단 말이오.
　　　　얼마든지 극형에 당할 죄목에 붙일수가 있는 자들이니
　　　　까.

서　장 : 잘 알겠습니다.

감　찰 : 시간이 없소. 속히 시행해야 할 것이오.
　　　　성경을 무조건 순순히 내놓지 않는 자들을 모조리 잡아
　　　　가두시오.

서　장 : 알겠습니다.

감　찰 : 서장만 믿겠소. 내가 이곳일만 잘되면 한턱 쓰겠소.

서　장 : (비시시 웃으며) 여부가 있겠습니까.

　　—감찰, 서장 퇴장 조명이 어두워진다.—

제 3 막　2 장

　　—옥중에 사모와 두민이가 갇혀 있다. 사모는 성경을 읽고
두민이는 그 옆에서 사모를 보고 있다.—

두　민 : 엄마 성경 다 안읽었어.

사　모 : (슬픈 눈빛) 그래. 두민이 아직도 배고프니 ?

두　민 : 응. (고개를 끄덕임.)

사　모 : (두민이를 안으며) 몹쓸 사람들 이 어린 자식이 무슨
　　　　잘못이 있다고.

두　민 : 엄마 괜찮아 울지마.

사　모 : 우는게 아냐. 그냥 눈물이 나는 거야.
　　　　이 엄마가 힘이 없어. 그렇다고 이 경황중에 숨어계신
　　　　아빠가 우릴 어쩔수 없고.

두　민 : 아빤 이곳에 안왔음 좋겠어.

사　모 : 그럼 이곳에 오면 안되지.

　－두민이를 안고 사모가 찬송을 부른다. 이때 순사들 사모와
두민이를 데리고 퇴장. 다시 조명 밝아지며 다른 교인과 함께
무릎 꿇고 앉아 있다. 그 앞에 성경책이 여러권 놓여 있다. 그
앞에 서장과 순사들이 벽에 둘러 서 있다.－

순　사 1 : 시끄럽소. 이리 나오시오.

제 3 막　3 장

　－조명이 비춰면 두민이와 사모가 형사부장 앞에 무릎을 꿇
고 앉아 있다.－

형사부장 : 말 못하겠소 !

사　모 : 몰라요.

형사부장 : 그런식으로 잡아떼면 곤란 할 텐데. 당신은 읽지 말
　　　　　라는 것 성경을 읽고 또한 범인을 숨겨준 죄로 죽을지
　　　　　도 모르는데.

사　모 : 차라리 죽는게 낫겠다.

형사부장 : 뭣이 ! 이 괘씸한 여편네가 미쳤구만. 좋아, 그럼
　　　　　내가 소원대로 해 주지. 이 봐 !

　―밖에서 대기중인 순사들이 들어온다.)

순사 1 : 하이 !

형사부장 : 가서 톱과 전기 고문 준비해와.

순사 1, 2 : 하이 !

형사부장 : 어때, 고문 당하면서 톱에 켜 죽을래, 아니면 성경
　　　　　을 네 손으로 읽지 말라는 곳을 찢을래 ?

사　모 : (아무말 없이 성경을 무릎위에 얹어 놓고 두민이를
　　　　　감싸듯 안고 있다. 기도한다.)

　―이때 순사들이 의자와 톱을 갖고 등장―

순　사 : 갖고 왔습니다.

형사부장 : 준비해.(방안을 이리 저리 서성인다.)

사　모 : (찬송을 부른다.)

형사부장 : 오늘이 마지막일 테니까 봐주지.

순사 1, 2 : 준비됐습니다.

형사부장 : 저년을 앉히고 저 새끼는 감방에 처 넣어.

순사 1, 2 : 하이 !

　—순사 1, 2 사모를 앉히고 순사2 두민이를 끌고 간다.
준비가 끝남.—

형사부장 : 자, 어떻게 하시겠소 ! 이번이 마지막이오.

사　모 : (잠시 아무말 없다가) 저 바닦에 있는 성경이나 주시
　　　요.

형사부장 : 왜, 이제 찢어 버릴 맘이 생기는가 ?

사　모 : 천만에, 마지막 가는데 한번 안아보고 싶어서.

형사부장 : (정색을 하며) 독종이구만. 그깟 성경이 뭐그리 대
　　　단 한거야 (성경을 발로 걸어 찬다.).

사　모 : (치를 떠나 아무말 못한다.)

형사부장 : 올려 ! (전기 볼트수가 올라간다.)

　—형사부장 사모의 변하는 얼굴을 보며 흥분한다. 사모 신음
을 안내려 애쓴다.—

형사부장 : 배로 올려 ! (찌지직…)

형사부장 : 어때. 말을 듣겠어.

사　모 : (온 몸에 경련을 일으키나 머리만 흔들 뿐 아무 말
　　　없다.)

형사부장 : 계속 올려 ! (방안을 서성이며 갖은 표정을 갖는
　　　다.)

사　모 : (비명소리가 점점 세게 들린다.)

　─밖에서는 두민이가 엄마를 부르며 울어 댄다.─

형사부장 : (작은 신음과 함께 머리만 혼들고 아무말이 없다.)

　─배경 음악소리가 여유를 두고 멀리서 주님의 음성이 깔린다. 형사부장에게는 들리지 않는다. "딸아 딸아" 사모 눈을 떴다 편안하게 감는다.─

형사부장 : 지독한 년이야. 조금 더 올려.

순사 1, 2 : 위험합니다.

형사부장 : 올려.

순사 1, 2 : (볼트수를 올리려 하자 사모 기절 한다.)
　　　사모가 기절했습니다.

형사부장 : 뭐야! 줄을 풀러.

순사 1, 2 : 하이. (사모를 풀어 바닥에 놓는다. 심장이 멈춘것을 안다.)

형사부장 : 죽어! 잘 되졌구만.
　　　톱으로 도막을 내서 감방에 있는 다른 놈들에게 보여줘. 그리고 아들놈을 데리고와.

순사 1, 2 : 하이, 시체는 어떻게 할까요.

형사부장 : 어떻게 하긴 야산에 버려. 묻어 줄 필요도 없는 계집이야.

순사 1 : 하이 !

형사부장 : (순사를 보며) 예수교인들은 이렇듯 독종들이 많은
　　　　가?
　　　　저놈들을 어찌다 죽이지. 걱정이구만. 하지만 걱정거리
　　　　는 단번에 없애는게 편하지. (형사부장 퇴장.)

순사 1 : 걱정이구만. 이런식으로 저들을 고문하고 죽여야 하다
　　　　니.

순사 2 : 모르겠어. 일단 밥이나 먹고 자르자고.

순사 1 : 그래.

　—둘다 퇴장. 바닥에 시체 놓여 있음.—

　무대—조명(붉고 푸른) 멀리서 찬양소리, 주님의 음성 및
"딸아 딸아" 죽은 사모는 평안히 누워 달게만 잔다. 찬양과 함
께 막이 내린다.—

—해　설—

　사모의 죽음을 전해들은 김용호 장로는 더욱 열심히 비밀리
집회를 갖다 서장에게 체포되어 5년간 옥고 끝에 1944년 해방
을 앞둔 어느 겨울날 주님이 웃으시면서 반긴다는 말 한마디
를 남기고 찬송을 부르시다 눈을 감으셨습니다. 오늘 우리에게
도 김용호 장로와 사모의 그 정겨운 음성이 들리는 듯 합니다.
그렇듯이 우리에게도 괴롭고 고통당하거나 외롭고 쓸쓸할때
다정하신 주님의 음성을 들을 수 있는 성도들이 되셨으면 합
니다.　감사합니다.

*

노기호 성극집 우리의 세상

*

인쇄일 — 1999년 10월 15일
발행일 — 1999년 10월 20일

*

지은이 — 노 기 호
펴낸이 — 이 규 종
펴낸곳 — 엘맨출판사

*

서울시 마포구 합정동 433 - 62
출판등록 — 제10 - 1562호(1985. 10. 29.)

*

TEL. — (02) 323-4060
FAX. — (02) 323-6416

*

잘못된 책은 바꾸어 드립니다.

*

값 6,000원